Wenn Apfelbäume sterben

Eine Familie zwischen Stolz & Scham

Wenn Apfelbäume sterben

Eine Familie zwischen Stolz & Scham

J.M. Krohms

Bevor der Apfelbaum fiel, drehte sich alles um ihn – „Narzissten hassen es, wenn du dich nicht mehr um sie drehst."

Bibliografische Information der Deutschen Nationalbibliothek: Die Deutsche Nationalbibliothek verzeichnet diese Publikation in der Deutschen Nationalbibliografie; detaillierte bibliografische Daten sind im Internet über dnb.dnb.de abrufbar.

Verlag: BoD · Books on Demand GmbH, Überseering 33, 22297 Hamburg, bod@bod.de
Druck: Libri Plureos GmbH, Friedensallee 273, 22763 Hamburg

ISBN: 978-3-8192-3095-0

„Die Dreißiger"

Der Himmel war grau, die Luft feucht, und der Tau auf dem Kopfsteinpflaster verdunstete langsam, als der 30. Januar 1933 in Deutschland begann – ein Tag wie jeder andere.
Die Männer standen früh auf, um sich, umgeben von den Silhouetten der Gaslaternen in der Dunkelheit, auf den Weg in die Fabriken und Büros zu machen. Und so schlurften sie alle gemeinsam, aber doch allein, nebeneinanderher.
Die gepflegten, schmalen Männer wirkten trotz ihrer Anzüge blass – als hätten all die Zigaretten ihnen nicht nur Farbe, sondern auch Wärme entzogen. Manche von ihnen erinnerten in ihren schlecht sitzenden Jacken noch immer an verletzliche Jungen, die zu früh mit dem Ernst des Lebens konfrontiert worden waren.
Neben diesen Geschäftsmännern wirkten die klobigen Fabrikarbeiter mit ihren rissigen Händen und den unrasierten Drei-Tage-Bärten viel zu groß und dreckig. Auch sie wirkten müde – aber auf ihre eigene Art und Weise auch kämpferisch.
Ihr gemeinsamer Antrieb: Noch waren sie nicht betroffen – nicht betroffen von all der Armut, dem Leid und der Obdachlosigkeit. Dieses Gefühl einte sie. Sie hatten die Krise überstanden, und so würden sie weitermachen.
Während die Männer unterwegs waren, begannen die meisten Frauen damit, die Wohnung zu

säubern. Sie waren immer die ersten, die schon weit vor Sonnenaufgang die Augen aufschlugen. Ihre Haushaltslisten waren lang, deshalb heizten sie, oft noch in den ausgetretenen Schlappen, den Herd in der bescheidenen Küche. Dieses Ritual war mehr als nur die Vorbereitung auf das bevorstehende Frühstück – es sorgte für ein wenig Wärme.
Im frischen Morgengrauen waren es selten die Frauen, denen kalt war. Es waren immer die Kinder, die noch nicht gelernt hatten, mit der eisigen Kälte umzugehen.
Jede Bewegung, jedes Wort – alles tat sie für ihre Familie. Auch wenn sie selbst dabei auf den letzten Platz fiel. Sie hatte gelernt, zurückzustecken.
Statt echtem Kaffee gab es Muckefuck, die Marmelade war längst durch Rübenkraut ersetzt. Sie sträubte sich noch immer dagegen, dass sie diese Ersatzmittel irgendwann als neue Normalität akzeptieren müsste – obwohl sie schon lange die Regel waren, und sie sich kaum noch an den echten Geschmack erinnern konnte.
Nachdem der Mann und die Kinder ihre Bäuche gefüllt hatten, gab sie sich mit den Resten zufrieden. Ihr Magen hatte das Knurren schon fast verlernt; sie war an den ewigen Hunger gewöhnt.
Sobald die Wohnung fertig geputzt war, ging es auf den Markt. Sie schlüpfte in ihr Kleid, das auf den ersten Blick gepflegt wirkte – bevor man bei näherer Betrachtung all die Flicken sah.

Sie konnte noch nie viel, aber wenn sie eines gelernt hatte, dann war es, mit möglichst wenig möglichst viel zu bekommen – sodass sie endlich alle hungrigen Mäuler am Tisch füllen konnte. Ihr eigenes zählte nicht dazu.
Doch irgendetwas war anders an diesem so gewöhnlich begonnenen Tag.
War es der Wind, der stärker wehte? Der leichte Regen, der aufzog? Egal, wohin man blickte – die Frauen flüsterten und tuschelten an jeder Straßenecke.
Sie waren mehr miteinander als mit den Einkäufen beschäftigt. Auch die Männer ließen sich von den Neuigkeiten ablenken – mehr noch als sonst.
„Hitler zum Reichskanzler ernannt!" – während manche Menschen bereits Angst verspürten, blieb die Mittelklasse ungerührt. Es waren zu viele Krisen, zu viel Armut, zu viel Unsicherheit.
Am Abend zeichnete sich endlich die erwartete Gewissheit ab. Das Radio und die wenigen Zeitungen dienten als Überbringer: Ein neues Zeitalter in der deutschen Geschichte sollte beginnen.
Einige Stunden später marschierten die ersten SA-Offiziere durch die Gassen. In Berlin begannen großangelegte Fackelmärsche mit lauten Verkündungen – während in Oberschlesien und Aachen alles spürbar bedrückender schien.
Die ersten Juden verbarrikadierten ihre Geschäfte, Sozialdemokraten warnten in geheimen Runden

vor der aufziehenden Gefahr, und Priester besuchten ihre Kommunen.
Die Zeit stand still – und doch drehte sich die Erde an diesem Tag ein wenig schneller als sonst. Fabrikarbeiter, Bürokraft, Hausfrau, Priester oder Atheist – niemand hatte sich die nächsten Jahre so ausgemalt, wie sie kommen würden.

„Die Vierziger"

Kirchenglocken werden ersetzt durch Luftschutzsirenen.
Geschlafen wird in Kellern, nicht mehr in Betten.
Brot wird gegen Zigaretten getauscht, Namen wechseln die Träger, und Kinder verschwinden hinter Türen, die niemand mehr aufmacht.
Männer werden zu Uniformen, und Frauen zu stillen Hoffnungsträgern.
Die Zeit wird nicht mehr in Jahren gemessen, sondern in Geräuschen.
Irgendwo zwischen dem Zischen von Bomben, dem Marschieren von Soldaten und dem Flüstern von Schuld wachsen Kinder auf.
Nicht mit Geschichten, sondern mit einem Schweigen, das alles sagt.

„Kneipe klingt nach meinem Zuhause"

Karl-Heinz

Heute war kein guter Tag. Obwohl es in unserem Haus, neben dem unsere Metzgerei und Kneipe lagen, immer nach frischem Brot, Wurst und deftigem Bier roch, wurden unsere Essensrationen immer knapper.
Mama erzählte mir oft, dass wir uns glücklich schätzen konnten, die meisten Nachbarn hatten noch weniger Essen als wir.
Warum wusste ich nicht. Aber ich fragte mich, ob sie deshalb verschwanden.
Vielleicht konnten sie woanders mehr Essen bekommen? Früher war es in meinem Zuhause nie leise. Jetzt war es das oft. Ich erinnerte mich, wie ich lange den Gesprächen, Streits und gesungenen Liedern in der Kneipe meiner Eltern lauschte, wenn ich nachts vor Kälte nicht schlafen konnte. Heute wurde weniger gestritten, es gab auch nichts mehr zu singen, und aus dem rumorenden Gesabbel der Nachbarschaft wurde ein leises Flüstern.
Ich fragte mich auch, wo mein bisheriger Arzt geblieben war.
War er vielleicht auch an einen Ort gegangen, an dem er satt wird? Vielleicht irgendwohin, wo es noch eine Synagoge gibt? Unsere wurde durch einen lauten Knall zerstört.

Wann immer ich meinem Papa Fragen stellte, erklärte er mir, dass aufgeräumt werden musste. Dann würde die Wirtschaft – was auch immer das war – und unsere Kneipe endlich wieder besser laufen.

Ich mochte unsere Synagoge. Auch meinen Arzt, der immer gelacht hat, vermisste ich.

Seit Beginn des neuen Schuljahres fehlten viele meiner Mitschüler, niemand hatte uns gesagt, wo sie hingegangen waren.

Vielleicht an einen Ort, an dem weniger aufgeräumt wird? Ich verstehe sie. Ich würde auch gern woanders hingehen – irgendwohin, wo ich wieder draußen spielen kann und es nicht immer so laut ist.

Jeden Morgen muss ich früh aufstehen. Mama macht immer ganz viel Frühstück, damit wir Kraft für den Tag haben und nicht die ganze Wurst der Metzgerei selbst aufessen. Mein Lieblingsessen ist Graubrot mit Rübenkraut. Manchmal erzählt Mama mir von Marmelade, und wie sehr sie sich auf den Tag freut, wenn wir diese endlich wieder haben. Ich weiß nicht, was Marmelade ist, aber wenn es auch nur halb so lecker ist wie mein Rübenkraut, dann will ich es unbedingt probieren.

Mein Papa und ich gehen dann zur Arbeit, und ich helfe ihm. Ich wiege ab, hänge die Würste auf und fege, damit es immer sauber ist.

Mein Papa sagt immer „Kunden kaufen da, wo es sauber ist."

Mein Papa hat ganz viele solcher Sprüche, aber am meisten predigt er mir mit erhobenem Zeigefinger „Das Arbeiterleben ist nicht für alle – du brauchst Fleiß, Ordnung und Köpfchen!"
Nach dem Frühstück und der Metzgerei muss ich in die Schule, und danach helfe ich in der Kneipe. Ich kann schon Kölsch zapfen und die Theke abwischen – wie ein echter Zapfjunge.
Aber meine Eltern mögen es gar nicht, wenn ich unsere Kneipe „Kneipe" nenne.
„Junge, wir betreiben eine Dorfwirtschaft. Keine dreckige Kneipe. Schreib dir das hinter die Ohren!"
Ich wollte ihnen immer sagen, dass „Kneipe" viel mehr nach Zuhause klingt. Aber das will niemand hören.
Ich wünschte, ich könnte den ganzen Tag in der Kneipe arbeiten, anstatt in die blöde Schule zu gehen.
Ich mag Rechnen und Deutsch zwar sehr, und auch Naturwissenschaft finde ich spannend, aber Wehr- und Rassenkunde finde ich doof. Ich verstehe einfach nicht, was sie uns da beibringen wollen. Ich höre oft das Wort „Krieg", aber niemand erklärt mir, was das ist.
Mein Lehrer sagt oft, manche Menschen wären böse – vor allem Juden.
Aber das stimmt gar nicht!
Mein bester Freund war Jude, und er war nicht böse – gar nicht.

Er hat sogar immer die besten Witze gemacht. Ich vermisse auch ihn sehr doll.
Aber wenn ich das meinem Lehrer erzählen will, schnupft er nur seinen Schnupftabak hoch und holt den Rohrstock raus. Immer wenn er das macht, lächelt er ganz breit.
Ich glaube, das ist sein liebstes Vergnügen bei der Arbeit.
Jeden Abend vorm Schlafengehen überlegte ich, warum mir niemand meine Fragen beantworten wollte – meine Eltern, meine Lehrer oder alle anderen Erwachsenen.
Alle predigen sie mir Ehrlichkeit, Fleiß und Höflichkeit – aber alle meine ehrlichen, fleißigen und höflichen Freunde sind verschwunden.
Es sind nur noch die übrig, die leise sind und, so wie ich, blonde Haare haben.

„Wie man uns verschwinden ließ"

Ingrid

Ich stolperte fast, so schnell lief ich unsere große, knarrende Wendeltreppe hinunter.
Das gestrige Abendessen war anders als sonst.
Unser schwerer Kronleuchter blieb aus, stattdessen schenkten uns wenige Kerzen ihr schlichtes Licht.
Unsere Dienstmädchen hatten vor dem Essen ihre Sachen gepackt und sich verabschiedet, sie blieben sonst immer, bis ich ins Bett ging.
Auch Elisabeth war gegangen. Ich fragte mich, wer mich stattdessen ins Bett bringen würde. Niemand konnte das so gut wie sie! Sie erzählte mir immer viele Geschichten: von langen Reisen und fernen Ländern – und davon, wie schön eine Welt ohne Grenzen wäre.
Jeden Abend erklärte sie mir dann geduldig, was diese Grenzen überhaupt waren, und nannte diese zum Abschluss Kokolores.
Wie bei einem stillen Ritual blickte sie mir danach tief in die Augen und sprach ihren abendlichen Abschlusssatz „Ingrid, du musst das alles für dich behalten. Sonst darf ich dich nie wieder ins Bett bringen."
Diese Worte klangen nicht mehr wie Geschichten.
Sie klangen wie eine Warnung.
Wir aßen Graubrot, von dem meine Frau Mama noch schnell und fast heimlich den Schimmel abgeschnitten hatte.

Hatte Elisabeth etwa vergessen, einkaufen zu gehen? So etwas kannte ich nicht – wir hatten sonst nie verdorbenes Brot im Haus.
Auch mein Schinken schmeckte heute nicht so saftig, er war bitterer als sonst.
Es war still. Bis mein Vater mich ansah und die Stille mit seinen Worten durchschnitt „Morgen früh reisen wir ab!"
Wohin und warum, erzählte er nicht. Ich solle um drei Uhr schick angezogen im Salon sein – und nichts mitnehmen außer meiner Puppe Helga.
Ohne dass ich auch nur eine meiner zigtausenden Fragen stellen durfte, verfielen meine Eltern in ihr einstudiertes Schweigen.
Ich fühlte nichts und weinte trotzdem.
Im Salon angekommen, versuchte ich mir mein Zuhause einzuprägen: die große Wendeltreppe, der glänzende Kronleuchter, das dunkle Holz, das sich durch all unsere Räume zog.
Die Fenster, die den Blick auf unseren verschneiten Garten und die großen Apfelbäume freigaben.
Ich verabschiedete mich von hier – von diesem Ort, der nun nicht mehr mein Zuhause sein sollte – als ich hörte, wie meine Frau Mama sich näherte.
„Junges Fräulein, wieso ist dein Kleid zerknittert?"
Sie beäugte mich und rümpfte dabei leicht ihre Nase, so wie sie es immer tat.
Sie wollte mich gerade zurück nach oben schicken, als mein Vater eintrat.

Gezeichnet von Falten und tiefen Augenringen atmete er so tief ein, als könnte er all unsere Erinnerungen von hier in sich aufsaugen.
Er nahm erst meine Mama, dann mich fest an die Hand, dann zog er uns fort.
Wir saßen im letzten Transporter, der noch ein wenig Benzin im Tank hatte, und fuhren – begleitet vom Klappern der Plane und dem kühlen Windzug durch das leicht geöffnete Fenster – zum Bahnhof.
Menschen – überall. Ich war gefangen in dieser riesigen Masse.
Manche rempelten und schubsten. Einige brüllten in die Menge, während andere still vor sich hin beteten.
Die Frauen hielten ihre Kinder fest an sich gedrückt, ich hingegen hing schlaff an der Hand meiner Mutter.
In all dem Lärm fragte ich mich, zu wem ich eigentlich beten sollte. Ich wusste es nicht, aber tat es trotzdem.
Der Zug, in den wir einsteigen durften, war voll. Und doch war es still.
Es fühlte sich so an, als hätte jemand all die Geräusche, die uns draußen noch umgeben hatten, eingefangen und ihnen den Eintritt zum Waggon verwehrt.
Leere Augen starrten mich aus jeder Richtung an, und es gab niemanden hier, der nicht von Angst erfüllt war.

Mein Vater legte unseren Koffer ab, damit meine Mutter und ich darauf Platz nehmen konnten.
Ich wollte mich in der Umarmung meiner Frau Mama verstecken, kurz all der Wirklichkeit entfliehen – vielleicht in eine Welt ohne Grenzen, von denen Elisabeth mir so viel erzählt hatte – aber sie wandte sich von mir ab: „Fräulein, sitz still, sei leise und hör auf, so ein Theater zu machen!"
Irgendwann kam der Zug zum Stillstand, und die lauten Geräusche der Mechanik, die uns begleitet hatten, verstummten.
Als wir ausstiegen, konnte ich nicht sagen, ob es sehr früher Morgen oder vielleicht doch noch tiefe Nacht war.
Wir erreichten ein Haus. Aber wie ein Zuhause sah es nicht aus.
Es wirkte nicht einladend, und hätte es sprechen können, hätte es sich leicht zu uns runtergebeugt und geflüstert: „Ihr seid hier nicht willkommen."
Der Bruder meiner Mutter öffnete wortlos die Tür, wies uns die Schlafräume zu und verschwand wieder.
Und wieder war ich umgeben von Stille und Dunkelheit. Alles war leer und ungeschmückt.
Vor meinem Fenster standen keine Apfelbäume mehr, nur ein verwilderter Garten mit zu viel Unkraut.
Die Wände hier waren nicht mit Porträts verziert, sondern kahl.
Und auch einen Kronleuchter gab es nicht, da

waren nur noch Kerzen.
Es waren die Kerzen, die mich durch ihren leichten Geruch von Fett immer ganz schwummrig machten.
„Geht es dir gut?" wurde zu „Bist du dankbar genug?", ein zerknittertes Kleid zu „Ein Fräulein aus einem so guten Hause kann sich so nicht zeigen."
Und ein kleiner Fehler bedeutete tagelanges Schweigen.
An diesem Ort – oder vielleicht durch ihn – wurde ich leise, ordentlich und auf eine Weise so makellos, dass ich in der kahlen Umgebung fast vollständig verschwand.

„Die Fünfziger"

Männer, die aufbauen, was sie zuvor zerstört
hatten. Frauen, die das Lachen neu lernen, obwohl
sie die Zähne noch zusammenbeißen.
Es wird gespart, geheiratet, vom Aufschwung
gesprochen.
Fernseher ziehen in die ersten Wohnungen ein,
während anderswo die ersten Urlaubsbilder
entstehen.
Wer schweigt, ist klug, wer redet, naiv.
Glück und Pech, Millionen und Pleite – alles liegt
so dicht beieinander wie nie.
Und die Kinder? Sie spielen wieder draußen.
Irgendwo zwischen frischgepflanzten Apfelbäumen
und der Ahnung, dass sich alles verändern wird.

„Zwischen Blecheimern und Maßanzügen"

Karl-Heinz

Wie jeden Abend stand ich hinter der Theke unserer Kneipe – das hier war mein Platz, und ich war längst ein echter Zapfjunge.

Die letzten Jahre hatten uns zugesetzt: An den noch immer beschädigten Wänden lehnten sich müde Gäste.

Unsere Fensterscheiben waren notdürftig ersetzt, sodass die Kälte wie ein ungebetener Gast kam – einer, der keine Einladung brauchte.

Auch das Dach war noch nicht ganz repariert, aber es bereitete mir immer ein besonderes Vergnügen, den arroganten Geschäftsmännern dabei zuzusehen, wie sie nach einem Bier zu viel gegen die verbeulten Blecheimer taumelten, die das Regenwasser auffingen.

Die meisten anderen Kneipen in unserem Ort waren zerbombt worden, so wie fast alle Gebäude um uns herum. Auch wir waren Opfer und mussten unsere Metzgerei aufgeben.

Es gab nach Kriegsende kaum noch Tiere zum Schlachten. Wir hatten uns in dieser Zeit, aufgrund der wenigen Lebensmittelkarten, alle an den Hunger gewöhnt, und kaum noch jemand konnte sich gutes Fleisch leisten.

Ab und zu denke ich noch immer vor dem Einschlafen an Marmelade und das Lächeln, das meine Mama bei diesen Erzählungen immer hatte. Probieren konnte ich sie nie – das Geld fehlte einfach.
So verlor ich über die Jahre nicht nur meinen besten Freund, von dem ich heute genau weiß, was ihm angetan wurde, sondern auch viele andere Wegbegleiter.
Das Schweigen, das meine Eltern schon immer so grandios beherrschten, hatten sie nun nach Ende des Krieges perfektioniert.
Manchmal wirkt es so, als wären sie seit Hitlers Fall um zehn Jahre gealtert: Die Falten sind tiefer, die Augenringe dunkler, und die stille Scham unüberhörbar laut.
Aber es hat sich noch etwas verändert: Es wird wieder gesungen. Und es waren keine Propagandalieder mehr – nein, es waren Texte, die von Neubeginn, vom Leben und der Hoffnung erzählen.
Nur in ganz seltenen Momenten, wenn die Fabrikarbeiter sich ganz unbeobachtet fühlten, summten sie die alten Hymnen noch immer unter ihren zu langen Bärten vor sich hin.
Das ist das Glück und Leid der Zapfjungen – ich kenne jeden, aber die wenigsten kennen mich.
Und wenn sie mich dann erkennen, meist nur wegen des Kölschs in meiner Hand.

Meine Schicht heute war lang. Als sie sich gerade dem Ende neigen sollte, wurde ich ungewollter Zuhörer einer Unterhaltung von zwei Geschäftsmännern, die in unserer Gegend für Wohlstand und Einfluss standen und immer aus dem Gedränge der Bar herausstachen.
Im Gegensatz zu den meisten hatten sie immer saubere Hände, glatt gescheitelte Haare, die nach hinten gekämmt waren, und ihre anthrazitfarbenen Maßanzüge saßen wie eine zweite Haut – sie wirkten fast wie ein Schutzschild, an dem all die sie umgebende Armut nur so abprallen konnte.
Sie schwadronierten über ihre nächsten großen Geschäfte, amüsierten sich über die Dummheit ihrer Dienstmädchen und spuckten in zu hohen Tönen von ihren eigenen Söhnen.
Einer von ihnen sprach etwas zu laut, während er in meine Richtung zwinkerte – vielleicht hatte ich mir dies aber auch nur eingebildet.
„Sag mal, schämen sich diese ganzen Arbeiter nicht? Nach all dem Krieg, dem Leid und Verlust versuchen sie noch nicht mal, ihre Kinder endlich ordentlich zu erziehen. Ich rechne mit einem großen Wirtschaftswunder, der Aufschwung zeichnet sich schon ab, aber diese ganzen Kinder werden nie etwas davon haben."
Er schüttelte leicht den Kopf und sagte etwas leiser: „Als Arbeiter geboren, als Arbeiter ins Grab."
Der andere, der sich bereits auf den Aufbruch

vorbereitete und seine braunen Lederhandschuhe übergezogen hatte, antwortete, ohne seinen Blick zu heben: „Aber wer sollte denn sonst in Zukunft unser Bier zapfen?"
Mit diesem Satz hoben beide ihr Kölsch und prosteten mir mit einem noch breiteren Lächeln zu. Zurück blieben nur die leeren Gläser, und ich hatte das Gefühl, diese Leere war nun auch in mir.
Es war dieser vertraut erdige Geruch von Muckefuck, der mich an diesem Morgen weckte. Noch bevor ich mein Bett verließ, konnte ich förmlich hören, wie meine Eltern sich in dem so alltäglich gewordenen Schweigen eingehüllt hatten. Ich schlurfte von meinem Zimmer in unsere alte Küche.
Auch hier hatte die Kriegszeit ihre deutlichen Spuren hinterlassen und ließ uns nie so ganz ins Vergessen geraten.
„Morje" – mit dieser Begrüßung ging ich zum Ofen, um mir eine Tasse warmen Muckefuck aufzufüllen.
Meine Eltern saßen währenddessen schon an unserem dunklen Holztisch, der von unserer leicht gelblichen Tischdecke bedeckt wurde – dass diese einmal weiß gewesen war, verschwiegen wir genauso, wie die restlichen Dinge.
Mein Vater schmatzte mit seinem Graubrot in der Hand vor sich hin, während meine Mutter weiterhin, ohne ihren Blick abzuwenden, in ihrer Tasse rührte.

Dieses verdammte Schweigen, die kaputte Einrichtung, die verschlissene Tischdecke und diese ganzen Risse in den Wänden – all das ewige Zurückstecken. Ich konnte es nicht mehr.
„Ich werde eure Kneipe nicht übernehmen. Ab morgen schiebe ich auch keine Schichten mehr. Ich mache Abitur!"
Ich war mir unsicher, ob ich die Worte geschrien oder nur geflüstert hatte, also schob ich noch schnell hinterher: „An der Abendschule. Ich werde das Abitur an der Abendschule machen. Ich weiß, anders könnten wir uns das nie leisten, und jetzt, wo ihr auch noch einen neuen Zapfjunge braucht – erst recht nicht mehr."
Ich rechnete mit einem Donnern, einer überwältigenden Lautstärke, die ich so noch nie erlebt hatte – ein Beben, das den Boden unter meinen Füßen wackeln ließ.
Aber nichts davon passierte. Meine Eltern sahen sich gegenseitig an, und es blieb bei der gewohnten Stille.
Als ich langsam die Küche verließ, hörte ich, wie meine Mutter sich fragend an meinen Vater wandte „Abitur? Unsere Kneipe ist doch eine sichere Zukunft für unseren Jungen."
Dann schlug mein Vater die Fäuste auf den Tisch und in einer Mischung aus Schreien und Lachen erwiderte er nur: „Der denkt wohl auch, er sei was Besseres – nur weil der Krieg jetzt vorbei ist. Wir

sind Arbeiter. Das waren wir schon immer. Und das werden wir bleiben!“

„Einmal geliebt, 59-mal bereut“

Ingrid

Jeden Morgen, seitdem ich hier war, suchten meine Augen zuerst nach ihnen – den Apfelbäumen. Obwohl ich wusste, dass sie nicht da waren, hoffte ich jeden Tag aufs Neue.

Das Suchen war zu einem traurigen Ritual geworden.

Meine Frau Mama hatte ihren Bruder nach dem Krieg zwar überredet, einen Gärtner einzustellen. Doch nur das Unkraut war verschwunden – ersetzt durch etwas Lebendiges wurde es nie.

Bevor sich meine Gedanken in der Trauer verlieren konnten, ermahnte ich mich selbst zur Ordnung, es war schon fast sieben Uhr, und ich war noch längst nicht vorzeigbar.

Ich zog meinen grauen Rock an, der zu lang, zu kurz und irgendwie beides zugleich war.

Er endete undefinierbar zwischen meinen Knien und Knöcheln und ließ meine eigentlich so langen Beine immer ein wenig zu kurz aussehen.

„Dieser Rock hat die perfekte Länge für ein junges Fräulein aus gehobenem Hause“ – dieses Mantra meiner Mutter wiederholte ich, ohne es wirklich zu wollen, jedes Mal, wenn ich ihn in den Händen hielt.

Während ich meine weiße Bluse zuknöpfte, erhaschte ich einen Blick auf mich in dem großen

Spiegel, der aussah, als würde er schon seit hundert Jahren an dieser Wand hängen.
Meine Haare waren noch offen und ungekämmt. Auf eine Weise, die ich noch nie ganz verstand, liebte ich es, sie so lange wie möglich ungemacht zu lassen.
Einige Momente später hatte ich die Bürste in der Hand und legte Strähne für Strähne ordentlich nach hinten – wie es sich gehörte.
Die erste Unterrichtsstunde sollte bald beginnen, und die Nonnen schätzten, noch mehr als meine Eltern, Pünktlichkeit – „Fünf Minuten vor der Zeit ist des Deutschen Pünktlichkeit!"
Ich hasste diese Schule. Alles daran.
Das alte Gebäude. Die Nonnen in ihren alten Gewändern. Das große Jesu-Kreuz vor der Eingangshalle.
Aber vor allem hasste ich die Sprache: Wir wurden in reinem Hochdeutsch unterrichtet und stetig daran erinnert, dass es sich um die „Sprache der Bildung" handelt.
Meine Familie hatte schon immer dialektfrei gesprochen, doch war ich zuhause immer von der schlesischen Mundart umgeben gewesen.
Wie oft war unserem Personal damals, trotz größter Mühe, „Dyr" anstelle von „Tür" rausgerutscht.
Seitdem wir nicht mehr in Oberschlesien lebten, hörte ich zwar noch immer viele Dialekte – aber verstehen konnte ich keinen mehr.
In Hochdeutsch verstand mich jeder, und trotzdem

lachte niemand mehr über meine Witze.
Während ich im Kölsch nicht einmal mehr die Pointe verstand.
Ich hatte Französisch und Latein, die beiden Sprachen, in denen ich mein Abitur schreiben würde, Geschichte, Mathematik, Religion und Kunst.
Nichts davon begeisterte mich – außer die Sprachen.
Vielleicht würde es irgendwann wirklich eine Welt ohne Grenzen geben, wie damals in Elisabeths Märchen.
Vielleicht könnte ich dort nicht nur wieder mitlachen, sondern auch meine eigenen Grenzen überwinden.
Nachdem die laute Schulglocke den heutigen Schultag beendete, durfte ich endlich, wenn auch nur für wenige Minuten, ich selbst sein.
Auf dem Weg nach Hause gab es keine Nonnen, keine Eltern und keine Angestellten. Es gab nur mich, umgeben von Geheimnissen.
Ich ging, wie jeden Tag, den Umweg durch die kleinen, dicht bewachsenen Nebenstraßen, umgeben von grünen Bäumen, großen Villen und bellenden Hunden.
Als ich den nötigen Sicherheitsabstand zur Schule erreicht hatte und man mich dort auch nicht mehr vom höchsten Unterrichtsturm erspähen konnte, zog ich meinen Rock ein Stück höher.
Nicht weit. Nur genau so viel, dass meine Beine

endlich nicht mehr zu kurz aussahen.
Ich öffnete den obersten Knopf meiner Bluse, der mir oft die Luft zum Atmen nahm, und war für einen kurzen Moment versucht, meine Haare zu öffnen.
Aber das durfte ich nicht – so süß die Versuchung auch war, es wäre ein Spiel mit dem Feuer, das ich nicht gewinnen konnte.
Und so blieben sie streng gesteckt, wie ein ordentliches junges Fräulein auszusehen hat.
Ich hörte sein Moped und spürte, wie sich ein Grinsen auf meinen Lippen abzeichnete.
Vincent nahm, wie in einem einstudierten Schauspiel, seinen Helm etwas überdramatisch ab und setzte sich mit der gleichen Bewegung die Sonnenbrille auf.
Ich hatte tagelang heimlich in meinem Zimmer Kölsch geübt, nur um ihn heute endlich „Et gitt?“ gleichbedeutend mit „Alles gut?“, fragen zu können.
Doch bevor ich zu meinem holprigen Dialekt ansetzen konnte, spürte ich seine Lippen auf meinen.
Es war unser erster Kuss – und in diesem Moment malte ich mir aus, dass es der erste von vielen sein würde.
Ich sah uns gemeinsam die Welt bereisen – eine, in der es keine Grenzen gab.
Unsere vielen Töchter mit offenem Haar und barfuß im Garten spielen.

Und ihn mit seiner Gitarre nach Hause kommen, weil seine Musikkarriere über die Kneipe hinausgewachsen war.
Dann spürte ich ihn – den dunklen Schatten, der mir im nächsten Moment meine bunte Welt zerstören würde.
Bevor ich auch nur einen klaren Gedanken fassen konnte, dröhnte es schon, wie ein dunkles Echo: „Junges Fräulein!“ – es war nicht schrill, nicht kalt, es war das pure Entsetzen, welches in Schwester Brigittas Stimme mitschwang.
Ich saß in meinem Zimmer – ob immer noch oder schon wieder, ließ sich längst nicht mehr sagen.
Der Kuss war jetzt drei Tage her, und mein Zeitgefühl war dabei, sich von mir zu verabschieden.
Ich brauchte auch keines mehr. Ich durfte nur noch raus, wenn man es mir sagte.
Die Dienstmädchen halfen mir dabei, mich korrekt zu bekleiden. Sie holten mich zum Essen ab. Und mein Vater höchstpersönlich war mein neuer Chauffeur, der mich täglich zum Unterricht fuhr und mich beim ersten Glockenklingen wieder abholte.
Ich habe aufgehört mitzuzählen, aber ich tippe auf 59.
59-mal hatten meine Eltern mich mit leeren Augen angeschaut.
59-mal sagten sie mir, wie sehr ich sie enttäuscht hatte.

59-mal erklärten sie, dass ein Fräulein von Lenzburg sich nicht mit einem Kneipenmusiker abgeben dürfe.
59-mal hatte ich eine Auflistung des passenden Partners gehört.
Ich könnte 59 gewünschte Charakteristika wiedergeben – doch drei reichen aus: wohlhabend, einflussreich, Akademiker.

„Das Jahr 1959“

Barbie wurde geboren, und zeitgleich das Vorbild für junge Frauen.
Deutschland feierte seinen 10. Geburtstag, während es sich schon für erwachsen hielt. Die Straßen voll mit Mercedes, doch zuhause gab es nur Dosenravioli.
Die Wohnzimmer wurden bunter, aber die Gespräche blieben farblos.
Man sprach vom neuen Deutschland und dem westlichen Traum, man sah eine glänzende Zukunft – aus Chrom.
Es wurde wieder getanzt – aber niemals aus der Reihe.

„Hochgesteckt und höher gestapelt“

Ingrid & Karl-Heinz

Ich sollte glücklich sein – so glücklich.
Nach all den Monaten der Überwachung, Isolation und Kontrolle durfte ich heute endlich wieder raus. Raus aus meinem kahlen Zimmer, raus aus meinem traurigen Morgenritual und weg von all dem Herzschmerz über Vincent, an den ich mich in den letzten Monaten der Einsamkeit geklammert hatte wie an einen letzten Strohhalm.
Oft hatte ich mir vorgestellt, dass ich, wie die kleinen Mädchen aus meinem Traum, mit ihm im Garten rannte.
In meinem Seidenschlafanzug, barfuß und mit offenen Haaren. Aber das war nur ein Traum gewesen.
Denn in der Wirklichkeit saß ich hier – umgeben von kalten Mauern und verschlossenen Türen.
In einer Welt, in der nicht einmal mehr meine Träume grenzenlos sein durften.
Während ich mich im Spiegel anschaute und meine hochgesteckten Haare betrachtete, durchbrach ein grobes Klopfen die Ruhe.
„Junges Fräulein, bist du denn jetzt endlich soweit?“
Bevor ich die Frage beantworten konnte, stand meine Mutter schon neben mir in meinem Zimmer. Ihr Blick wanderte von meinen strenggemachten Haaren über mein leicht geschminktes Gesicht und

das knielange Kleid, bis er bei meinen schwarzen Pumps aus Wildleder angekommen war.
Ich hörte ihr leicht verächtliches Schnauben und wusste, noch bevor ich es sah, dass sie ihre Nase rümpfte.
„Ingrid, wie oft soll ich es dir denn noch sagen? Zu einem geschäftlichen Anlass wie dem heutigen sind Wildlederpumps ein Tabu!
Auch wenn ich sie generell schon schrecklich finde – aber so deinen Vater begleiten, nein, das geht nicht!
Du sollst dich mit Geschäftsmännern unterhalten und über ihre Witzchen lachen, nicht aber so aussehen, als würdest du mit ihnen nach Hause fahren!"
Mit dieser ganz eigenen Art von Kritik schob sie mich vor meinen Schuhschrank.
Dieser hütete meine größten Schätze – Schuhe in allen Farben und Formen.
Und doch wusste ich genau, welche meine Frau Mama nun auswählen würde.
Meine schwarzen Pumps mit leichtem Absatz.
Eigentlich war es eine vernünftige Wahl: sie waren nicht unbequem, nicht abgetragen und nicht hässlich.
Aber sie waren eben auch nichts Besonderes – außer vielleicht besonders langweilig.
Meine Mutter sah mit ihrem urteilenden Blick von meinen Schuhen zu mir, und so tauschte ich sie.

Ich erhielt ihr vertrautes Nicken, das mir zeigen sollte: Sie war jetzt zufrieden.

***

Ich betrat die Kneipe. Es war das erste Mal.
Das erste Mal, dass ich hier war – vor, und nicht hinter der Theke.
Ich trug meinen neuen Anzug, ich hatte ihn mir vor kurzem für meinen ersten Arbeitstag in der Steuerkanzlei gekauft.
Er war nicht perfekt – die Ärmel noch zu lang, und das Grau ließ mich blasser wirken als ich eigentlich war.
Ich hätte gern einen in Anthrazit gekauft.
Während ich mich auf die Abschlussprüfung meines Abiturs vorbereitet hatte, gab es einfach nicht die Zeit, sehr viel zu arbeiten, und so war es dieser Anzug geworden. All meine Ersparnisse gab ich dafür aus.
Ich schaute mich ein wenig um: Die Wände noch immer rissig und ich spürte noch immer den leicht kalten Wind durch die geflickten Fenster ziehen.
Aber die Eimer waren weg – zumindest hatten meine Eltern das Dach reparieren lassen.
Mein Blick traf den neuen Zapfjungen, der mich anlächelte und mit seinem Kölsch prostete.
Ich schaute – wie ein Strauß, der seinen Kopf in den Sand steckt und glaubt, er sei unsichtbar – schnell in die entgegengesetzte Richtung. Ich

konnte es nicht riskieren, dass die Menschen hier, die mir meine Zukunft aufbauen sollten, meine Vergangenheit kennenlernten.

***

Ein junger Mann trat an unseren Tisch.
In einer Hand eine abgenutzte Ledertasche, in der anderen ein halbleeres Kölsch.
Mit einem etwas zu lauten Räuspern streckte er meinem Vater die Hand entgegen und sagte:
„Guten Tag, liege ich mit meiner Vermutung richtig? Habe ich hier den wahrhaftigen Ludwig von Lenzburg, Besitzer von Lenzburg & Co. – Maschinenbau und Industriebedarf – vor mir?"
Ich hatte meinen Vater schon lange nicht mehr mit einem so breiten Lächeln gesehen.
Seit einem Jahr lief sein Geschäft nicht mehr allzu gut: viele Menschen, die zu riskant auf den Zug des Aufschwungs aufgesprungen waren, waren in die Pleite gerauscht – viele davon waren Partner und Kunden.
Und so schüttelte er, schon fast entzückt, die Hand des Fremden.
Der Jüngling überschlug sich fast vor Stolz, als mein Vater ihn endlich fragte, was er denn mache.
„Ich? Oh, ich bin Steuerberater bei der Westdeutschen Treuhandkanzlei. Bestimmt haben Sie schon einmal von dem Unternehmen gehört. Wir betreuen dort allerhand namenhafte

Kundenstämme."
Mein Vater überlegte kurz, bevor er antwortete: „Die Westdeutsche Treuhandkanzlei? Kennen Sie schon Herrmann Richter?
Er stand doch tatsächlich für einige Zeit auf der Kandidatenliste für den nächsten Partner. Aber naja, er hat's anscheinend nicht gepackt, faselte immer was von zu wenig Zeit mit der Familie und den Kindern.
Der hätte wirklich jemand werden können. Einige munkeln, er würde noch immer dort arbeiten – jetzt aber als Laufbursche à la Steuerfachangestellter.
Grüßen Sie ihn aber doch bitte von mir, ja?"
Die Stimme meines Vaters schwankte zwischen Häme und Arroganz, das tat sie immer, wenn er sich wieder besonders aufspielen konnte.
Während Karl-Heinz anscheinend im Kopf seine Antwort probte, konnte ich erkennen, wie sein zu langer Anzugärmel fast in sein Kölschglas rutschte: „Nein, ein Herrmann Richter wurde mir noch nicht vorgestellt. Ich muss aber gestehen, ich arbeite noch nicht lange dort. Erst letzte Woche habe ich angefangen, davor habe ich einige Monate in Paris verbracht, um internationale Kontakte zu knüpfen. Nun, zurück in meiner Heimat, bereite ich mich auf die Prüfung zum Wirtschaftsprüfer vor. Sie haben ja eben selbst erwähnt, wie schnell es gehen kann – und ich tue alles, um nicht so zu enden wie Ihr

Bekannter. Aber selbstverständlich richte ich die Grüße aus!“

Er lachte bei den letzten Worten auf. Ich wusste nicht, ob nur ich es hörte, aber dieses Lachen – etwas darin klang nach Nervosität und Angespanntheit.

Generell wirkte er so widersprüchlich in sich selbst: Er war also in Paris, wie so viele Geschäftsmänner vor dem nächsten Karrieresprung – aber wieso war sein Anzug dann nicht maßgeschneidert? Vielleicht war es der zu lange Ärmel, die nicht auf Hochglanz polierte Aktentasche oder das halbleere Kölsch – aber irgendwas machte ihn interessanter als den Rest.

***

Nach dieser gelungenen Vorstellung hatte mein Selbstvertrauen einen neuen Meilenstein erreicht. Ich fühlte mich, als könnte nichts mich aufhalten, also setzte ich noch einen drauf: „Dürfte ich Ihre Tochter, die bezaubernde Ingrid von Lenzburg, auf einen Drink an der Theke einladen?“

Ich setzte mein bestes Lächeln auf.

„Wissen Sie was? Ich sage das nicht oft, aber ja – Sie dürfen!“

Ihr Vater zwinkerte mir beiläufig zu, und wir machten uns zu zweit in Richtung Kölsch.

Nach einigen verflogenen Momenten und einigen Kölsch mehr hörte ich Ludwig sagen: „Mein lieber

Junge, es war mir eine Freude, Sie kennenzulernen. Und so wie es aussieht – nicht nur mir. Ich würde es sehr begrüßen, wenn wir uns wiedersehen. Ich erwarte Großes von Ihnen."

Ich hatte es geschafft! Mein erster Abend auf gehobenem Parkett – und ich hatte mich behauptet.

Alles lief nach Plan – nein, sogar besser, als ich es mir ausgemalt hatte.

Selbst als dieser Unsympath von Lenzburg mit den Personalfragen und Interna meiner Kanzlei anfing, bin ich nicht ins Wanken geraten.

Das ist meine Welt – die Welt, in die ich reingehöre, die ich verdiene.

Bald werde ich mit dieser Familie zusammen Abendessen und Ingrid wiedersehen.

Diese so unscheinbare Frau, die mich mit ihrem Feuer überrascht hatte.

Sie war nicht nur eine hübsche Fassade – nein, sie hatte auch etwas zu sagen. Und sie verdiente es, gehört zu werden – von mir.

Bevor ich in meinem zu kleinen Bett in meinem Kinderzimmer mit den kaputten Fenstern einschlief, spielte sich mein neues Leben vor meinem inneren Auge ab: Ingrid und ich.

Ein Haus, ein großes. Vielleicht ein Kind, am besten einen Sohn.

Sie kümmert sich um das Frühstück, bevor ich in die Kanzlei fahre.

Und abends sitzen wir gemeinsam vor unserem

Kamin und trinken den besten Rotwein – den, den mein Vater sich noch immer nicht leisten kann. Ich musste nur vorsichtig bleiben. Das Ziel nicht aus den Augen verlieren. Mich weiter hocharbeiten, Schritt für Schritt – und niemandem zeigen, woher ich komme.

„Das Jahr 1962“

Es wird von Freiheit geredet, während das Kanzleramt zensieren will.
In Hamburg steigt das Wasser – und in den Wohnzimmern die Angst.
Der Kalte Krieg wird heiß.
Und irgendwo zwischen Elvis, Hochkonjunktur und Sturmflut, da flüstert das Gewissen.
Nicht laut, doch laut genug.
Der Schmutz der Vergangenheit lässt sich nicht mehr mit dem Staub auffegen.

„Zugelassen zum Schweigen“

Ingrid & Karl Heinz

Ich hielt den Umschlag in meiner Hand und traute mich kaum, ihn zu öffnen.
Dieser Brief, die enthaltene Nachricht und dieses „Ja“ oder „Nein“ würde mein weiteres Leben und das Leben, das Ingrid und ich uns aufgebaut hatten, bestimmen.
Ich riss mich am Riemen, nahm den Brieföffner in die Hand und öffnete ihn etwas zu schnell.
„Herzlichen Glückwunsch.
Sie, Karl-Heinz von Lenzburg, sind offiziell zugelassen und eingeladen, die Prüfung zum Steuerberater am 07.03.1962 in Köln abzulegen.“
Ich atmete tief ein, bevor ich von meinem Schreibtischstuhl aufsprang. Ich hatte es geschafft.
Solche Nachrichten kamen nicht alle Tage – nein, nicht mal im Ansatz.
So etwas passiert alle zehn Jahre.
Zehn Jahre, in denen ich jedem verdammten Steuerberater seinen Kaffee machen musste, Post verteilte und Faxe abschickte.
Zehn verdammte Jahre, in denen ich Laufbursche war – jetzt wird endlich für mich gelaufen!
Dieser Brief stand für mehr – mehr Geld, mehr Verantwortung, mehr Anerkennung und mehr Macht.
Endlich müsste mir jemand meine Akten ordnen und nicht mehr umgekehrt.

Wenn ich genauso weitermache, könnte ich in ein paar Jahren wirklich meine Prüfung zum Wirtschaftsprüfer absolvieren – dann wäre das alles kein Traum mehr, keine Lüge und kein Kartenhaus. Es würde Realität werden.

Beim Packen meiner Sachen musste ich, aufgrund meiner zitternden Hände, vorsichtig sein, nicht die ganzen Aktenstapel umzuwerfen.

Sie wurden von Tag zu Tag höher, aber bald sollten sie nicht mehr mein Problem sein.

Ich warf mir meinen dunklen Mantel über, setzte den Hut im Farbton meines ersten Anzugs auf und verließ mit frisch angezündeter Zigarette mein Sammelbüro der Steuerfachangestellten.

***

Die Sonne klopfte stumm an meine Terrassentür, und mit einem breiten Lächeln öffnete ich.

Sie schien in mein Gesicht, und für einen kurzen Moment fühlte sich alles so an, als hätte ich es geschafft – so, als wäre ich endlich frei.

Im vergangenen Jahr waren Karl-Heinz und ich hier eingezogen, es war kurz nach unserer Hochzeit gewesen.

Wir teilten nun nicht mehr nur den Nachnamen, sondern auch das Heim.

Auch wenn es nicht ganz so groß war, wie das Haus, in dem ich aufgewachsen war, fühlte es sich

doch das erste Mal seit einer halben Ewigkeit nach einem neuen Zuhause an.
Die Wände waren weiß und orange, die schwarzen Türen bildeten den perfekten Kontrast.
Zwei Garagen für zwei Autos.
Drei Badezimmer, alle aus Marmor – einer schwarz, der andere weiß und der letzte rosa.
Der rosafarbene hatte mich viele Diskussionen gekostet, aber ich hatte nicht nachgegeben und mich schlussendlich durchgesetzt.
Der Boden war genau die richtige Mischung aus grauem Teppich und gemusterten Fliesen.
Mein Herzstück war unser Panoramablick im Wohnzimmer – ich fühlte mich, als könnte ich von hier aus die ganze Welt überblicken.
Unser Souterrain hingegen war dunkler, aber nicht düster.
Er war geprägt durch Funktionalität, und doch war er der Weg ins Licht.
Von hier aus führte der Weg in den Garten – und mit ihm auch der, zu unseren Apfelbäumen.
Es waren drei Stück. Einer von ihnen noch ganz frisch gepflanzt.
Ein Apfelbaum für jedes Familienmitglied: Karl-Heinz, ich und unser Baby.
Wir wussten es seit knapp einem Monat, und noch immer war es fast zu schön, um wahr zu sein.
Das alles hier war nicht nur ein Heim, es wurde zu meinem Zuhause – gesegnet durch unseren Pfarrer:
„Gott segne dieses Haus

und alle, die hier wohnen.
Er schenke Frieden, Glaube,
Hoffnung und Liebe.
Möge sein Segen ruhen
auf jedem Raum, auf jeder Schwelle.
Ein Platz, in dem Liebe gedeiht,
das Herz zur Ruhe kommt
und das tägliche Miteinander
vom Geiste Gottes getragen ist.
Amen."

Diese Segnung, aufgehängt neben unserer Haustür, begleitete uns durch jeden Tag.

Während ich noch immer mit der Sonne um die Wette schien, hörte ich, wie sich die Haustür öffnete.

War Karl-Heinz etwa schon hier? Normalerweise verließ er sein Büro nicht vor 18 Uhr – so hatte ich immer ausreichend Zeit, mich um das gemeinsame Abendbrot zu kümmern.

Er setzte sich zu mir und grinste mich an – ein Grinsen, das das beste Honigkuchenpferd der Welt neidisch gemacht hätte.

Dann nahm er mich in den Arm, und ich flüsterte leise „Bonjour, Monsieur von Lenzburg."

Seine gute Laune steckte mich an, und ich nahm die Euphorie gern entgegen.

Die letzten Wochen waren schon so schwer genug gewesen.

Meist kam er schlecht gelaunt, mit seiner Zigarette in der Hand, nach Hause und wirkte gestresst.

In solchen Momenten pflegte mein Vater zu sagen: „Ein Mann mit gutem Beruf wird immer mehr anstrengende als ruhige Tage auf der Arbeit haben. Und das ist ein gutes Zeichen!“
Aber genau dieser Moment, dieses Heute, ließ mein Herz höherschlagen.
Er war noch da – der Karl-Heinz, in den ich mich einst verliebt hatte.

***

Ich stand auf, nicht um zu gehen wie sonst, sondern um Ingrid durch den Garten zu wirbeln. Meine Ingrid, die Frau, die immer hinter mir stand, mir die Kraft gab, weiterzumachen. Und das die letzten zehn Jahre über.
Der leichte Lavendelduft wehte uns um die Nasen, und die Sonne tanzte mit den Wolken, so wie ich es mit Ingrid tat.
Als ich sie noch immer in meinen Armen hielt und ihr einen Kuss auf die Stirn gegeben hatte, flüsterte ich ihr ins Ohr – und das, obwohl ich es am liebsten in die Welt hinausgeschrien hätte:
„Ich habe es geschafft! Nach den langen, unermüdlichen letzten zehn Jahren habe ich es endlich geschafft.
Ich wurde zur Steuerberaterprüfung zugelassen. Am 07.03. werde ich sie schreiben und bestehen. Ich werde wirklich Steuerberater – kannst du das glauben?“

Ich strahlte sie an. Doch ihr volles Lachen veränderte sich – es wurde ersetzt durch einen Ausdruck von Abscheu.
Ihre kleine Nase, die ich sonst so liebte, war gerümpft, als würde sie etwas Angebranntes riechen.
Ingrid löste sich mit einer schnellen, aber doch noch eleganten Bewegung aus meiner Umarmung.
Ihr Blick, den ich noch nie zuvor an ihr gesehen hatte, durchbohrte mich förmlich.
Der bisher angenehme Wind fühlte sich jetzt wie ein frisch aufziehender Sturm an.
Sie machte einen Schritt zurück, baute Distanz auf und sagte in leiser, aber klarer Stimme:
„Du bist Steuerberater.
Wenn du zu etwas zugelassen wurdest, ist es die Prüfung zum Wirtschaftsprüfer – und dazu gratuliere ich dir herzlich.
Über den Rest sprechen wir nicht. Nicht heute, in zehn Jahren oder jemals. Ich habe einen Steuerberater geheiratet.
Und dieser angehende Wirtschaftsprüfer wird bald Vater – und sollte sich auch so verhalten."
Es gab kein Schreien, keine Emotionen, keine Tränen – alles, was ich spürte, war ein Schweigen.
Eines, das mir so fremd und doch so vertraut war.

***

Es war wie verflucht. Erst ließ mich mein Gedankenkarussell nicht zur Ruhe kommen, und nun weckte es mich auf.
Ich war versucht, das Frühstück vorzubereiten, die Routine zu verfolgen, das Bild der perfekten Hausfrau zu erfüllen.
Dann ließ ich mich wieder tief in mein Kopfkissen sinken, obwohl mein Rücken das nächtliche Deckenanstarren über Stunden bestrafte.
Die gestrigen Szenen spielten in meinem Kopf, so als hätte ich zum falschen Zeitpunkt auf Pause gedrückt:
„Bonjour, Monsieur von Lenzburg", das Honigkuchenpferd, der Lavendelduft – und dann die Maske, die fällt.
Plötzlich war dieses Haus kein Zuhause mehr.
Ich blickte zurück und sah den leeren Garten, die kahlen Wände.
Ein Ort, der so verloren ist, dass keine Liebe darin wachsen kann.
Und ich war wieder unsichtbar.
Die einzige Konstante war meine Makellosigkeit.

***

Ich fühlte mich, als wäre mein Leben auf Zeitlupe umgestiegen, und ich dabei nur noch ein lebloser Nebendarsteller.

Nichts half – außer der Rotwein.
Es waren die Flaschen, die sich meine eigene Familie nie leisten konnte, die mich durch diese Zeit trugen.
Ingrid verhielt sich wie die Prinzessin auf der Erbse – so, als würde ich mir nicht meinen eigenen Arsch aufreißen.
So, als wäre ich nicht der Alleinverdiener.
Zwischen Beruf als Steuerfachangestellter und so einer spendablen Ehefrau – mein ganzes Leben war ein Drahtseilakt.
Ihre brodelnde Wut, all die unausgesprochenen Emotionen – sie war keine feurige Prinzessin, sie war die Eiskönigin.
Und trotzdem machte ich weiter, immer mit der Stimme meines Vaters im Hinterkopf „Wir sind Arbeiter. Das waren wir immer. Und das bleiben wir auch!" – dieser Satz war meine Erinnerung, dass ich kein Arbeiter mehr war. Keiner mehr von ihnen. Ich hatte mehr Disziplin, mehr Antrieb und mehr Rückgrat.
Und so machte ich weiter.
Ingrid bereitete das Frühstück vor, und die früher so ersehnte Marmelade war schon lange unsere Realität geworden.
Jeden Morgen trat ich noch im Morgengrauen aus dem Haus.
Ich arbeitete – meist zehn Stunden oder mehr.
Danach lernte ich für meine Prüfung.
An manchen Tagen fiel mir das schwerer als an

anderen.
Es war mehr los im Büro. Die Kollegen lauter.
Der Zigarettenqualm waberte durch die Räumlichkeiten, während er durch die Hitze mehr stank als sonst.
Es ergab sich ein Gemisch, mit dem man eine Bombe hätte zünden können.
Als ich mich von der Arbeit ablenken wollte und darüber nachdachte, welche Zerstörungskraft sie hätte, kam Herrmann zu mir:
„Na, mein Jung, hab gehört, du wurdest zur Prüfung zugelassen. Glückwunsch!"
Ich hob die Augenbraue und hoffte, dass er sich schleunigst zurück zu seinem Platz begeben würde.
Ein armseliger Steuerfachberater – nicht mehr und nicht weniger.
„Es ist schon komisch, oder? Wie das Leben manchmal spielt.
An deinem ersten Tag als einfacher Arbeiter war ich hier. Ich habe dir alles beigebracht, dich an deinen Platz gebracht – und nu?
Lässt mich einfach hier sitzen."
Es schien, als wäre er sich unsicher, ob er die nächsten Zeilen wirklich aussprechen sollte.
„Wundert mich eh, wie du die von Lenzburg bekommen hast. Hast doch nicht gelogen und gesagt, du wärst hier Chef oder so?
Ich meine, für uns einfache Leute haben die ja sonst nicht allzu viel übrig."

Dieser Satz brachte die Bombe, über die ich eben noch gewitzelt hatte, zum Ticken.
Diese eine Belustigung zu viel.
Herrmann war nun der Einzige, der die volle Wucht der Bombe spüren sollte:
„Wir einfachen Arbeiter? Seit wann denkst du eigentlich, wie stünden auf der gleichen Stufe?!
Mein Gott, bist du wirklich so dumm, dass ich es dir sagen muss?
Wir stehen noch nicht mal auf der gleichen Treppe!"
Ich spürte während dieser Zeilen, wie mein Kopf rot anlief und meine Hände sich zu festen Fäusten ballten.
„Und seit wann stöbern Fußjungen eigentlich im Privatleben der oberen Mittelklasse herum? Du solltest den Namen von Lenzburg nie wieder in deinen schmutzigen Arbeitermund nehmen!"
Ich schnappte mir meine Unterlagen und stürmte aus dem Büro.
In einem weit entfernten Echo hörte ich Herrmann rufen:
„Karl-Heinz, wir Arbeiterkinder sollten zusammenhalten!"
Und gerade deswegen hoffte ich, dass er mir hinterhergerannt kam. Ich hoffte auf eine Chance, ihm aufs Maul zu hauen.
Selbst nach dem Feierabendverkehr, kochte meine Wut noch, als ich zuhause ankam.
Es waren erst meine Eltern, dann Ingrid, und jetzt

Herrmann – sie alle wollten mich fallen sehen, mich klein halten.
Doch ich würde ihnen das Gegenteil beweisen.
Sobald ich es geschafft hatte – allein.
Durch die geöffnete Tür hörte ich Ingrid rufen:
„Guten Abend, wie war dein Tag?"
Wie üblich schob sie einen falschen Kuss direkt an meinem Mund vorbei auf meine Wange.
Ohne eine Antwort setzte ich mich an den Küchentisch.
Für einen kurzen Moment dachte ich, dass wir diesen bald austauschen sollten.
Durch etwas Neues, etwas Stabileres – etwas, für das uns früher das Geld fehlte.
Aber ich verwarf den Gedanken schnell wieder.
Ingrid redete weiter.
Und ich zählte die dunklen Fliesen in unserer Küche.
Bei 87 angekommen, hörte ich meinen Namen.
Nicht einmal, nicht zweimal – sondern dreimal.
„Was ist, Ingrid, was?"
Ich sagte es mit der gleichen Anspannung, die ich davor Herrmann gegenüber gehabt hatte.
Doch ohne mit der Wimper zu zucken, antwortete sie mir:
„Ich wollte wissen, wie dir deine Teewurst schmeckt. Ich war bei der neuen Metzgerei – die unten an der Straße. Aber sag mal, welche Laus ist dir denn über die Leber gelaufen?"

Während des letzten Satzes hob sie leicht ihre Augenbraue.
Ich wusste nicht, ob sich in dieser Geste Hohn oder Witz widerspiegelte.
Und deshalb antwortete ich ihr, nur damit sie endlich Ruhe gab:
„Weißt du, es ist unglaublich, was für Idioten in diesem Büro arbeiten."
Dann erzählte ich ihr von Herrmann. Und auf ihrem Gesicht bildete sich ein leichtes, kühles Lächeln.
„Weißt du, Karl-Heinz? Ganz Unrecht hat dieser Herrmann mit seiner Bemerkung nicht. Um es genauer zu sagen: Er hat verdammt Recht damit!"
Ich sprang vom Tisch auf. Auf meinen Ohren hörte ich nur noch ein dumpfes Pfeifen. „Du gibst ihm Recht?! Nach alldem, was ich für dich getan habe, stellst du dich auf seine Seite? Gegen deinen eigenen Ehemann?"
Bevor ich ihre Antwort – falls sie überhaupt versuchte, mir zu antworten – hören konnte, hatte ich die Küchentür bereits hinter mir zugeknallt.
Ich polterte die Wendeltreppe runter und stolperte fast.
Dann öffnete ich die Weinflasche. Ich wollte sie gegen die Wand werfen – aber das wäre zu schade gewesen.
Ich malte mir aus, wie sehr sie sich alle schämen würden. Schämen, wenn ich es endlich geschafft hatte – allein.

„Das Jahr 1963“

Während die Eltern das Schweigen perfektionieren, tanzt die Jugend zu Musik von der Platte.
Kennedy ruft laut: „Ich bin ein Berliner“, und Deutschland wird das Land, das niemand so richtig kennt, aber jeder besuchen will.
Fabriken laden neue Kulturen ein – aus Italien, aus der Türkei.
Wir nannten sie Gäste, aber gefragt, wie lange sie bleiben wollen – das haben wir nie. Röcke werden kürzer, Haare länger, und Filterzigaretten modern. Zwischen Bohnerwachs und Beatmusik stellen Kinder Fragen, die ihnen niemand beantworten will.

„Was nach dem Frühstück übrig ist“

Ingrid & Karl-Heinz

Er trat zu wieder und wieder.
Dieser kleine Mensch in meinem Bauch konnte einfach nie still sein und hatte mich heute früher als sonst aus dem Schlaf gerissen.
Noch im Halbschlaf wankte ich im Morgengrauen in unser Badezimmer.
Jeden Morgen begrüßte mich das rosa Marmordesign, und jeden Morgen freute ich mich, dass ich den Streit über die Farbe gewonnen hatte.
Ich blickte mein Spiegelbild an und hatte Probleme, mich selbst darin zu erkennen.
Die Müdigkeit und Kraftlosigkeit lasteten auf meinen Schultern und meißelten sich in mein Gesicht.
Die Augenringe zu dunkel, die Falten mehrten sich, und meine Lippen waren rissig.
Ich suchte nach meiner Schminke – nicht der für den Alltag, sondern der guten.
Bei diesen Preisen sollte sie mir zumindest gegen die alltäglichen Schwangerschaftserscheinungen helfen.
Das Einzige, was sich in den letzten sechs Monaten nicht an mir verändert hatte, waren meine blonden Haare.
Noch immer lang und glatt – und ein wenig zu wild nach dem Aufstehen.
Ich erinnerte mich daran, wie ich früher nichts

lieber wollte, als mit offenen Haaren barfuß durch den Garten zu tanzen.
Ich hatte den Garten dafür – und doch war der Traum nicht mehr der gleiche.
Meine ersehnte Freiheit hatte sich in das Pflichtgefühl einer Hausfrau verwandelt. Und so betrat ich die Küche, die sich für mich wie mein goldener Käfig anfühlte.
Der Kaffee war fast fertig, und sein Duft wehte mir um die Nase, während ich das Rührei mit einer gewohnten Handbewegung aus der Pfanne auf das Graubrot von Karl-Heinz fallen ließ.
Ich hörte, wie er die Dusche verließ, und prüfte noch ein letztes Mal mit kritischem Blick: Graubrot, Marmelade, frischer Speck, Butter, Rührei, Milch und der frisch gepresste Orangensaft – alles da, nichts vergessen.
In meinem Kopf markierte ich die Aufgabe „Frühstück" mit einem imaginären Haken.
Karl-Heinz schnappte sich seinen Teller und nahm einen großen Schluck Kaffee, an dem er sich augenscheinlich die Zunge verbrannte.
Den Saft kippte er in einem Zug herunter – ob aus Durst oder Gewohnheit, vielleicht einer Mischung aus beidem.

***

Das Rührei schmeckte furchtbar, so wie jeden Morgen. Aber ich aß es – so wie jeden Morgen.

Ich versuchte schon lange, jeder Diskussion, Kritik oder Konfrontation aus dem Weg zu gehen.
Ich hatte wichtigere Dinge zu tun, als mich um eine schmollende Hausfrau zu kümmern. Ich bin Steuerberater.
Und Steuerberater kümmern sich um Wichtiges.
Ich zündete mir eine Zigarette an, setzte den Hut auf und stieg in meinen silbernen Mercedes.
Als Kind wollte ich immer so einen haben, jetzt kaufte ich jedes Jahr einen neuen.
Ausparken, losfahren, kein Radio, kein Beifahrer.
Nur ich und die Straße – manchmal fühlte sich dieses Ritual wie eine heimliche Liebe an.
Ich fuhr oft und viel. Nach Köln, Düsseldorf, Hamburg, Berlin, München.
Überall hatte ich Kunden, und alle waren so wichtig, dass ich sie höchstpersönlich besuchte.
Im Büro sah man mich kaum. Aber das störte niemanden – ich war schließlich nicht mehr einer von ihnen.
Wenn ich nach Feierabend heimkam, hatte ich oft schon zu Abend gegessen.
Meine Kunden waren großzügig und luden mich regelmäßig in die besten Restaurants ein.
Und doch wartete Ingrid jeden Tag mit deftiger Brotzeit auf mich.
Ein Sortiment von Käse, Salami, Speck, Teewurst, begleitet von dunklem Brot, lieblichem Rotwein und grünen Trauben.
Es war wie eine Mahlzeit, die mich anbettelte, doch

wieder hungrig nach Hause zu kommen.
Und alles daran widerte mich an.
„Guten Abend, Karl-Heinz. Wie war dein Tag? Hattest du wieder spannende Kundentermine?"
Ich hörte ihre schrille Stimme und wünschte mich zurück in die Stille meines Wagens.
„Hm, ja. Sehr spannend. Sehr viele. Sehr wichtige Kunden."
Ich nickte in ihre Richtung, während ich den gedeckten Tisch ignorierte und direkt in Richtung Badezimmer ging.
Nicht in das große, rosafarbene. Ich ging hinunter in das Souterrain – dort war der Marmor schwarz, das Licht gediegener, und mein Lieblingsrotwein wartete auf mich.

***

Ich deckte die Brotzeit ab und verstaute alles ordentlich in unserem zu vollen Kühlschrank.
Die Antwort – diese nichtsagende Antwort – verfolgte mich wie ein leises Echo.
War ich ihm zu dumm? Dachte er etwa, ich würde seine Arbeit nicht verstehen?
Er hatte sich in meine Welt gelogen und zog sich nun an meinem Namen „von Lenzburg" hoch.
Und so war seine Lüge auch die meine geworden.
Eine Fassade, so perfekt und makellos, wie ich selbst.

Ich setzte mich auf meinen orangenen Wildledersessel und blickte durch die Panoramafenster – erst auf unsere Stadt, dann in den Garten.
Mein Blick fiel auf die drei Apfelbäume und streifte dabei fast unbewusst meinen Bauch.
„Gabriel, da unten haben wir deinen Baum gepflanzt. An dem Tag, als wir von dir erfahren haben.“ Ich lächelte kurz, als ich mich an diesen Tag zurückerinnerte.
Und so fing ich an, meinem Baby, das noch in meinem Bauch war, eine Geschichte von einer Welt ohne Grenzen, langen Reisen und fernen Ländern zu erzählen.

„Das Jahr 1968“

Straßen brennen, Köpfe auch. Die Jugend wirft mit Steinen auf Autos und Autorität.
Mit Blumen im Haar, Tränen in den Augen, halten sie Plakate hoch – ihre Ideale.
Die Welt ist in Aufruhr; wer sich nicht bewegt, wird umgestoßen.
Frauen sprechen laut – über Freiheit, Lust und ihre Rechte.
Männer wollen die Revolution – nur, um ihre Söhne dann doch zur Bundeswehr zu stecken.
Die neue Generation bewegt sich suchend, doch nichts findend. Zwischen Minirock und Molotow. Liebeslied und Lautsprechern.

„Ich sah nur Schuld im Rückspiegel“

Ingrid & Gabriel

Mir war kalt. Trotz der dünnen Decke, die noch über mir lag.
Hier war es immer kalt, seit dem Tag, an dem ich angekommen war.
Ich weiß nicht, warum. Ich weiß einfach nicht, warum sie mich hierhergebracht hat.
Oder ob Mama mich wieder abholt.
Ich weiß nur, dass sie mich vor ein paar Tagen ins Auto setzte, wir losfuhren, sie mir eine flüchtige Umarmung gab und zurück zum Auto ging.
Nur sie – ich blieb.
„AUFWACHEN!“
Obwohl dieses Wort jeden Morgen geschrien wurde, zuckte ich zusammen.
Mein Herz raste.
Die Nonne trat weiter in unseren Schlafraum.
„Ich will hier kein Getrödel sehen. Zack, zack, raus aus den Betten!“
Atmen. Weiter atmen. Aufsetzen. Aufstehen.
Atmen nicht vergessen.
Umgeben von den grauen Wänden und den kleinen Fenstern, durch die kaum Licht fiel, versuchte ich die Routine wiederzugeben, die mir an meinem ersten Tag eingetrichtert wurde.
Der erste Morgen, der zu meinen nächtlichen Albträumen geworden war:
Da hatte mich die Nonne an meinem linken Ohr

gepackt und mich hinter sich hergezogen, um mich der Heimleitung vorzustellen.
Die Heimleiterin war viel größer als meine Mama, und ihre Augen waren ganz klein – so, als wäre dahinter nichts, nur Boshaftigkeit.
Sie erhob ihre Hand und gab mir eine schallende Backpfeife.
Ich schluchzte – vor Schmerz, vor Angst, vor Heimweh.
Sie wiederholte es. Und nochmal. So lange, bis ich mit dem Weinen aufgehört hatte.
Dann sah sie mich an und sagte mit dunkler, tiefer Stimme:
„Das hier ist dein neues Heim. Lern Dankbarkeit, dass du hier und nicht auf der Straße bist. Tränen sind hier unerwünscht.
Jetzt, wo du die Regeln kennst, gehe ich davon aus, dass du nicht mehr weinen wirst. Ansonsten geht es für dich in den Ruheraum.
Heute war ich gnädig – aber nur, weil es dein erster Tag ist."
Die Nonne drehte sich um und signalisierte mir durch ihren Griff zurück an mein linkes Ohr, dass es auch für mich Zeit zu gehen war.
Als ich zurück zu den Jungen kam, sah keiner auf.
Ich lernte, still zu sein und Anweisungen zu folgen, statt Fragen zu stellen.
Aufgestellt in Reih und Glied, zu zweit nebeneinander, gingen wir versammelt in den großen Frühstücksraum.

Es roch hier nach Putzmitteln. Fenster durften nicht aufgemacht werden.
Und so vermischte sich der Geruch des Frühstücks mit dem abgestandenen Bohnerwachs – ich verstand nicht, wie man bei diesem Geruch Hunger haben konnte.
Doch ermahnte Schwester Dornfeld oft mit den Worten:
„Aufessen! Sonst geht es in den Ruheraum."
Also aßen wir. Keiner von uns wollte dorthin.
Abends vorm Schlafengehen erzählten wir uns gegenseitig alte Horrorgeschichten – von den Kindern, die schon einmal dort gewesen waren.
Ein Raum voller Stille und Dunkelheit. Ohne Fenster oder Toilette.
Jeder, der anfing zu weinen, musste länger bleiben.
Während ich weiter an das Grauen des Ruheraums dachte, und an alle Monster, die in der Dunkelheit rauskommen würden, saß ich vor meinem Haferbrei.
Ich gab mir selbst ein Versprechen:
„Wenn ich hier wieder rauskomme, dann esse ich nie wieder Haferbrei. Nie wieder!" – dann aß ich auf.
Ich spürte ihre kalte Hand auf meiner Schulter, dann ein Ruck – sie zog mich mit sich.
Ich wollte mich doch nur noch von Tom verabschieden und ihn an unseren gemeinsamen Pakt erinnern:
„Nie wieder Haferbrei. Und sollten wir

verhungern!" – das hatten wir uns gegenseitig geschworen.
Ihre Hand, die so viel stärker war als ich, schleifte mich in Richtung Auto. Da war er wieder, unser silberner Peugeot.
Der Wagen, der mich vor so langer Zeit hierhergebracht hatte. Der Wagen, aus dem ich nicht aussteigen wollte – und es trotzdem musste.
„Husch, husch! Wir haben nicht viel Zeit."
Mit diesen Worten erklärte sie mir, dass ich mich schleunigst ins Auto bewegen sollte.
Ich kletterte gerade noch auf die Rückbank, während sie weiterredete:
„Ach Gottchen, wir müssen schnell los. Was wäre das nur für ein Skandal, wenn die Schneiders mich hier sehen würden?
Die hatten doch gerade erst bei der letzten Ausstellung erwähnt, dass sie ihren Sohn hier öfter herbringen, wenn er mal wieder zu aufmüpfig war."
Sie sah mich zwar während dieser Worte an, aber ich glaubte, die Worte waren nicht an mich gerichtet.
Sie startete den Motor und drückte das Gaspedal durch – klobiger als sonst – und wir fuhren los.
Ich sah von meinem Platz, wie ihre Augen immer wieder nervös in den Rückspiegel schauten – fast so, als würde sie Angst vor heimlichen Verfolgern haben.

***

Stumm. Warum war er nur so stumm?
Wir saßen schon fast eine halbe Stunde gemeinsam im Auto, aber ein Lächeln hatte ich noch nicht gesehen, geschweige denn ein „Danke“ gehört. Stattdessen starrte er mit verdrehtem Nacken – der mir schon beim Ansehen Schmerzen bereitete – aus der Heckscheibe.
Seine Statur war so starr, dass ich für einen kurzen Moment selbst überlegen musste, ob ich gerade in die richtige Richtung fuhr.
Ich spürte, dass meine Hände am Lenkrad leicht zitterten. Nicht vor Wut oder Trauer – sondern vor reiner Enttäuschung.
Ich hatte diesen Jungen neun Monate in mir getragen, ihn geboren, gestillt und großgezogen. Und was bekam ich als Dank? Stille.
„Gabriel, könntest du bitte kurz so tun, als wärst du glücklich, dass wir gemeinsam auf dem Weg nach Hause sind?“
Ich fragte ihn ruhig, aber meine Stimme war bestimmt.
Keine Antwort.
Ich schob in einem noch etwas schärferen Ton hinterher: „Denkst du etwa, ich wollte dich ins Heim bringen?“ Und bevor ich mich selbst stoppen konnte, redete ich weiter – alle meine Gedanken, die endlich zu Worten werden wollten:
„Denkst du wirklich, mir hätte das Freude

gemacht? Dass ich es getan hätte, wenn es einen anderen Weg gegeben hätte?
Falls du das denken solltest, liegst du falsch. Ganz falsch.
Ich brauchte eine Operation, und ich war lange – ja, so lange – in einem Krankenhaus.
Und falls es dich interessieren sollte: Ich brauchte die OP wegen dir.
Ja, genau. Du darfst dir gern selbst auf die Schulter klopfen.
Es gab Komplikationen nach DEINER Geburt. Es ist also nicht mein Fehler – es ist deine Schuld!"
Er drehte desinteressiert den Kopf von der Heckscheibe zu mir, als wäre ich ein Radiosender, den er gern wechseln würde.
Und ich spürte, wie das Zittern von meinen Händen in meinen ganzen Körper übergangen war.
Es war das erste Mal, dass ich dachte: Ich hätte einfach wieder umdrehen sollen.
Das Auto blieb gefüllt von Stille – einem Schweigen, das mir so vertraut war.
Der Apfel fällt nicht weit vom Stamm.

„Das Jahr 1978“

Die RAF schießt, der Staat zögert, und irgendwo dazwischen gibt es Frühstück.
Kinder tragen Schlaghosen, die Eltern ihre Schuld.
Und während man sich in der U-Bahn fremder wird, leuchten in den Diskotheken bunte Lichter auf Gesichter – die so tun, als hätten sie nichts zu verlieren.
Wer nicht tanzt, der demonstriert. Nur leiser als zuvor.
Es wird noch immer gehofft – aber nicht mehr gemeinsam.

„Sprachlos trotz Vokabeln“

Ingrid, Karl-Heinz & Gabriel

Die letzten zwei Tage hatte ich mit meinem neuen Assistenten zwischen wichtigen Kundenterminen, Staus auf Autobahnen und unbequemen Betten in schlechten Hotels verbracht.
Es ging von Aachen in Richtung Frankfurt. Dort besuchten wir zwei Banken – diese wurden schon ewig durch mich betreut und hatten, auch aufgrund meiner guten Beratung, ihre Umsätze über die letzten Jahre deutlich gesteigert.
Als Dankeschön luden sie zum Essen in den Frankfurter Hof ein.
Gern hätte ich ihnen gesagt:
„Als könnte ich mir dieses Restaurant nicht selbst leisten. Außerdem wäre eine Beteiligung an euren Deals ein viel besseres Angebot.
Schließlich hättet ihr Idioten diese ohne mich gar nicht.“
Dann packten wir unsere Aktentaschen und fuhren los.
Auf Räucherlachs mit Sahnemeerrettich und trockenem Champagner folgte Kalbsrücken in Morchelsauce, begleitet von einem Glas Grauburgunder.
Abgeschlossen wurde das Festmahl mit einer französischen Käseplatte und Cognac.
Günther, der erst seit einem halben Jahr für mich arbeitete, hatte noch keine große Ausdauer.

Er wirkte betrunken und nicht mehr in der Lage, noch weiter nach Stuttgart zu fahren.
Bevor ich mir sein Lallen noch länger anhörte, beschloss ich, uns ein Hotel zu buchen.
Hier war es nicht nur hässlich, es war ranzig.
Es erinnerte mich kurz an mein früheres Zuhause: kaputte Fenster, Wände mit Rissen und Blecheimer zum Auffangen von Regenwasser – ja, das hätte perfekt in diese Einrichtung gepasst.
Für einen kurzen – und doch zu langen – Moment erinnerte ich mich daran zurück:
Der kleine Zapfjunge hinter der Theke, ein Kölsch in der Hand, während er alle Geschäftsmänner auslachte, die über diese blöden Eimer stolperten.
Ich fragte mich, ob dieser Junge damals auch über mich gelacht hätte.
Mit einem schnellen Kopfschütteln vertrieb ich den Gedanken. Cognac macht einfach zu wehmütig.
Ich machte mir eine Notiz in meinem Kopf: Zukünftig nur noch Bourbon anstelle von Cognac trinken.
Die lange Autobahn führte uns zum Hauptsitz von Porsche. Kein Empfang, kein Smalltalk. Nur Unterlagen und Effizienz.
Wir erhielten die benötigten Dokumente und machten uns weiter in Richtung Nürnberg und München.
Auch hier blieben die Termine unspektakulär – statt großem Essen wurde mit viel Bier gedankt.

Eine Maß, und die Krone sitzt – willkommen in Bayern.
Während ich noch meinen kleinen Koffer aus meinem Mercedes nahm, hörte ich es schon wieder. Diese nervigen und viel zu lauten Mopeds.
Sie waren überall – in dieser Stadt, dieser 30-Zone – und jetzt, der Lautstärke nach zu urteilen, kurz vor meiner Auffahrt.
Ich hob einen kleinen Stein aus meinem Vorgarten auf.
Vielleicht würde ich es dieses Mal tun – warten, zielen, loslassen.
Bevor ich meine Faust, in der ich den Stein aufbewahrte, öffnen konnte, bog Gabriel auf diesem hässlichen Ding ein und stellte den Motor ab.
Auf seinem Kopf dieser lächerliche rote Helm, die Augen verdeckt durch eine Pilotbrille, und die Lippen zu seinem typischen Lächeln geformt.
„Hi Pa, wie geht's? Alles im Lot?"
Ohne meine Antwort abzuwarten, schmiss er schon die Haustür hinter sich zu und war verschwunden – als wäre ich nur der Portier von diesem Haus.

„Bonjour Maman, comment vas-tu?" – „Je vais bien. Et toi aussi, à en juger par ton sourire."
Schon wieder hörte ich sie dieses bescheuerte Französisch sprechen, als ich mit meiner frisch angezündeten Zigarette im Flur stand.

„Sag mal, könnt ihr nicht einmal Deutsch miteinander sprechen? Oder muss die Elite von Lenzburg immer auf dem hohen Ross sitzen – sogar im eigenen Wohnzimmer?"
Während ich zur Beruhigung einen weiteren Zug nahm und den warmen Rauch einatmete, blitzte für einen Sekundenbruchteil ein kaltes Lächeln in Ingrids Gesicht auf:
„Oui – oder wie ich für dich sagen sollte: ja."
Aber das sollte noch nicht alles gewesen sein. In einer immer höher werdenden Tonlage fuhr sie fort:
„Weißt du, Karl-Heinz, eigentlich dürftest doch gerade du kein Problem mit dem Französischen haben, oder?
Du warst doch schließlich monatelang in Paris für die internationalen Kontakte und die Vorbereitung zum Wirtschaftsprüfer – oder etwa nicht?
Wenn ich so darüber nachdenke: Mehr als ein gestottertes ‚Oui' oder ‚Merci' habe ich noch nie aus deinem Mund gehört."
Ich wollte ihr nicht antworten. Ich wollte sie nur anschreien.
Doch bevor ich meine Chance ergreifen konnte, wollte jetzt auch noch Gabriel in ihrem Theater mitspielen:
„Oui Papa. Immer muss Mama mit mir für mein Französisch-Abitur lernen.
In der Sprache kennst du ja auch bis auf das Wort ‚Burrito' nichts."

Er grinste, als hätte er gerade den Witz der Woche gemacht.
Wie ein überlaufender Wasserkocher konnte ich meine Wut nicht mehr in mir behalten, und meine Worte sprudelten aus mir heraus:
„Spanisch? Spanisch?! Was willst du eigentlich mit dieser Sprache?
Willst du nach Spanien oder Mexiko ziehen? Und dann? Was dann?
Wirtschaftsflüchtling in den USA? Es wird schon seine Gründe geben, warum die alle fliehen – aber niemand die haben will.
Und immer dieses bekloppte Französisch.
Französisch hier, Französisch da.
Das ist keine Sprache, das ist eine sinnlose Aneinanderreihung von Buchstaben, die so klingt wie meine frühere Katze, wenn sie sich übergeben musste.
Nur weil Franzosen sich weigern, Englisch zu lernen, muss ich doch nicht ihr Gejaule können.
Für wen halten sich diese Schweine eigentlich?
Und wisst ihr was?
Wenn ihr zwei Sprachen wirklich verstehen würdet, dann hättet ihr – so wie ich – das große Latinum gemacht.
Das ist nämlich noch wirkliche Bildung!"
Ich schnaubte und spürte, dass meine Zigarette sich von selbst geraucht hatte, während meines Monologs.
Ich zündete mir eine neue an und setze zum

nächsten Satz an – ich war nämlich noch lange nicht fertig:
„Vielleicht wollt ihr euch ja noch mit den ganzen nervigen Flüchtlingen in unserer Straße anfreunden und dafür Türkisch lernen?
Meine Fresse, lernt von mir aus Chinesisch, Hebräisch oder Klingonisch – ist mir doch scheißegal!"
Mit meiner zweiten abgebrannten Zigarette stürmte ich aus dem Raum.
Jede Tür auf meinem Weg nach unten knallte ich so laut wie möglich hinter mir zu.
Sollten sie sich nur weiter mit diesen Unwichtigkeiten befassen – es machte sie nicht zu etwas Besserem.
Wem verdanken sie es denn, dass sie sich all diese Sprachschulen leisten konnten?
Dass mein Sohn auf ein bilinguales Gymnasium gehen konnte?
Richtig – mir!
Ich ackerte mir den Arsch ab, während die beiden sich ein Faulenzerleben machten.
Ich ploppte den Korken aus der Rotweinflasche und war kurz versucht, diese an die weiße Wand zu schmeißen – dann hätte sie wenigstens endlich ein wenig Farbe.
Nachdem ich mein Glas in einem Zug ausgetrunken hatte, bemerkte ich Gabriel in der Tür.
„Hi Pa, ich wollte mich entschuldigen. Ich hätte

nicht noch einen draufsetzen sollen.
Aber ich störe dich jetzt nicht weiter."
Er drehte sich um und ließ mich zurück.
Allein. In diesem farblosen, dunklen Souterrain, das früher noch so klassisch wirkte.
Nur ich – und meine Rotweinflasche.

„Das Jahr 1981“

Zwischen Protestplakaten und Plattencovern kühlt der Kalte Krieg noch weiter ab.
In Bonn wird debattiert – und von Zehntausenden demonstriert.
Neonfarben statt Atomkraft!
Im Eigenheim werden die Antennen neu ausgerichtet – und zum ersten Mal sehen alle in dieselbe Richtung.
„Wetten, dass…?“ flimmert über die Bildschirme und wird zur neuen Lagerfeuerstelle der Republik.
Wer keine Wetten hat, hat wenigstens etwas zu erzählen.
Und wer nichts versteht, dreht einfach den Walkman lauter.
Eine Generation zwischen Raketenangst und Ratespiel.
Und mittendrin ein Publikum, das endlich wieder laut sein darf – und dem trotzdem niemand zuhört.

„Zwischen Korn und Konjunktiv“

Gabriel

Gegen die Decke, zurück in meine Hand, wieder an die Decke, dann in meine Hand.
Meine Augen folgten dem grünen Tennisball vom Training, den ich seit über einer Stunde aus dem Bett in die Luft warf.
Es beruhigte mich. Diese reine Monotonie, die es sonst nur selten gab.
Im Hintergrund lief Jazz auf meinem Plattenspieler. Manchmal malte ich mir aus, wie ich ein Instrument lernen könnte und selbst auf einer Bühne Jazz spiele.
Vielleicht werde ich bekannt und reise, mit meiner Musik bewaffnet, durch die Welt – genügend Sprachen konnte ich ja schon sprechen, weitaus nicht alle, aber bestimmt mit Händen und Füßen so um die sieben.
Eine davon ist Türkisch. Ich kann zwar nur die Grundlagen – und auch die eher schlecht als recht – aber auch ein „Merhaba“, was Türkisch für ‚Hallo‘ ist, reicht, um den Kopf meines Vaters rot anlaufen zu lassen.
Der Tennisball rollte über den Boden unter mein Bett, und ich starrte nun nur noch an die Decke. Schließlich hatte ich Zeit, genau das zu tun. Es sind die Dinge, die wir priorisieren, die uns ausmachen.

Und ich priorisiere jetzt, dem leisen Jazz zu lauschen und dabei an die Decke zu gucken.
Die Tür öffnete sich und meine Mutter stand in meinem Zimmer:
„Sag mal, bist du nicht schon seit einer Stunde mit Kai verabredet zum Tennistraining?“
Ihre Stimme war wie immer – eine Tonlage zu hoch.
„Mama, meine Pläne sind genau das: Meine. Außerdem bezahle ich dich nicht dafür, meinen Kalender im Auge zu behalten – oder willst du meine Sekretärin werden?“
Ich stand genervt auf. Und ohne, dass ich es wollte, geriet ich in Stress.
Sie hatte trotz allem Recht – nicht mit dem Tennistraining, aber damit, dass ich Kai seit knapp einer Stunde warten ließ.
Ich schlüpfte in meine schwarze Lederjacke, nahm meine Sonnenbrille vom Schreibtisch und zog schnell die passenden Boots an.
Ich rief meiner Mutter noch schnell zu:
„Trotzdem danke für die Erinnerung!“
Als ich schon fast aus der Tür war, drehte ich mich um:
„Ach ja, meine Trainingstasche – die hätte ich in dem Stress fast vergessen.“
Beim Lügen gibt es gewisse Rahmenbedingungen – eine Regel ist, dass das Grundgerüst stimmen muss.
Ich sprang auf mein getuntes Moped und raste mit 75 km/h zur Kneipe.

Am Tresen, der wie immer schon ab 18 Uhr von verschüttetem Bier klebte, wartete Kai auf mich. Mit einem Bier und einem Blick, der mir ganz ohne Worte sagte:
„Du Arsch!“
Umgeben von zu lauter Rockmusik, hübschen Mädels und besoffenen Kerlen näherten wir uns der dritten Runde Bier.
Wir redeten viel über Gott und die Welt, den Sinn des Lebens, welche Länder wir nach dem Abi bereisen würden, und welche Frau hier am besten aussah.
„Sag mal, du kommst doch aus einer Akademikerfamilie. Ich mein da liegt doch für dich auch Wirtschaftsprüfer, Steuerberater oder Jurist nahe, oder?“
Kais Stimme war durch den Themenumschwung nicht ernster geworden – meine Gedanken hingegen schon.
Ich bestellte uns beiden einen Korn, bevor ich antwortete:
„Klar, Alter. Das ist ständig Thema bei mir zu Hause.“
Ich prostete ihm mit dem Kurzen zu.
„Aber weißt du: Jedes Mal, wenn ich an ein Jurastudium denke, entscheide ich mich lieber für ein glückliches Leben!“
Wir lachten und krönten meine Erkenntnis mit einem weiteren Korn.
Kai philosophierte, etwas zu großkotzig, über das

letzte Buch, das er gelesen hatte, während meine Gedanken abschweiften.
Mir war klar, dass ich mich diesen Sommer entscheiden müsste – Jurist oder Steuerberater, viele weitere Optionen gab es aus der Sicht meiner Eltern nicht.
Aber nach all den Pro- und Kontralisten hatte ich noch immer nicht herausgefunden, was das kleinere Übel war.
„Ich glaube, ich werde Philosophie studieren. Wie klingt das?"
Kai riss mich aus meiner Gedankenblase.
„Philosophie? Das klingt nach einem Studium, das jetzt schon nach Arbeitslosigkeit ruft. Findest du nicht?
Aber hey, nimm es leicht – du kannst dann ja immer noch Taxifahrer werden. Dann hast du bestimmt immer die besten Storys."
Nach einem nicht enden wollenden Vortrag von Kai zu seinem Wunschstudiengang machten wir uns auf den Heimweg.
Wir schoben, leicht torkelnd, mein Moped nach Hause – vor die Garage meiner Mutter.
Die verließ das Haus sowieso nie vor elf Uhr, außer es gab irgendwo Rabatt auf ihren geliebten französischen Käse.
Ich verabschiedete mich von Kai, sprang über die Gartenmauer und landete endlich da, wo ich jetzt hingehörte: in meinem Bett.

Ohne das typische Klingeln meines Weckers wachte ich auf.
Ich hatte Durst und zusätzlich einen verdammt dicken Schädel.
Und so stapfte ich, immer noch etwas wackelig, in die Küche.
Mit meinem Wasserglas in der Hand blickte ich auf die Uhr – wie viel könnte ich wohl noch schlafen, bevor der Wecker losgehen würde?
Die Antwort war: minus zwei Stunden.
„Verdammte Scheiße!"
Ich hatte verschlafen, und es war schon fast 09:30 Uhr.
„Okay, ganz ruhig. Du bist jetzt eh schon zu spät. Stress und Panik ändern nichts mehr daran."
Ich sprach mit mir selbst – nicht, weil ich bekloppt war, sondern weil ich hoffte, dass ich meine gesprochenen Worte so besser glauben könnte.
Ich machte mich fertig, trank einen doppelten Espresso und fuhr mit dem Moped los.
Meine Haare zu machen konnte ich mir dank des Helms eh sparen.
Ich kam, fast pünktlich zur dritten Schulstunde, auf dem Hof meines Gymnasiums an.
An den wenigen sonnigen Tagen sah es hier immer mehr nach Knast als nach Schule aus – wenn alle Rollos runtergelassen wurden.
Irgendwie gefiel mir meine eigene Metapher – sie hatte was Wahres in sich.
Denn wie oft fühlte ich mich in diesem Gebäude

eingesperrt, während ich viel lieber draußen Fußball gespielt hätte?
Ich hätte sie fast übersehen – so grau stand Sabine neben der Eingangstür.
Ich beobachtete für einen Moment, wie sie mit ihrem Feuerzeug kämpfte und es einfach nicht anbekam.
Ohne auch nur darüber nachzudenken, steckte ich mir meine zweite Zigarette an und reichte ihr anschließend mein Feuerzeug:
„Schlechtes Feuerzeug oder schlechter Tag?"
Ich nahm die Sonnenbrille ab und lächelte sie an.
Sie hingegen lächelte nicht.
„Beides. Schlechter Tag und beschissenes Feuerzeug.
Kannst du dir vorstellen – ich bin durch die Matheprüfung gerasselt.
DIE MATHEMATIKPRÜFUNG!
Ich glaube es nicht, mein 1er-Abi kann ich mir jetzt abschminken."
Der letzte Satz war kein Schreien mehr – es war ein leiser Versuch, mit ihrer eigenen Realität umzugehen.
Ich schaute sie geradewegs an und fing – aus tiefster Seele – an zu lachen:
„Sabine, du bist die beste Schülerin aus unserem gesamten Jahrgang.
Du hast einen Schnitt von, sagen wir mal 1,3, und jeder hier ist neidisch auf deine Ergebnisse.
Und wenn du jetzt wider Erwarten aufgrund einer

schlechten Klausur nicht mehr die erste Frau sein kannst, die irgendwann zum Mars fliegt – dann, meine Güte, machst du eben was von den anderen 1.879 Dingen, die lustig sein könnten.
Und sind wir mal ehrlich:
„Der Mars klingt nach weniger Spaß als, vielleicht, Zirkusakrobatin?"
Sie lachte jetzt auch. Nicht aus tiefster Überzeugung, aber da war ein kleines bisschen Hoffnung zu hören.
Nachdem die Zigaretten aufgeraucht waren, sagte ich:
„Du, ich bin jetzt mittlerweile aber wirklich spät dran und müsste endlich mal in meinen Mathekurs – damit ich nicht noch so kurz vor dem Abi auch noch meine Matheprüfung verhaue.
Kannst du dir das vorstellen – durch eine Matheprüfung fallen?"
Ich ging grinsend davon, während sie mir nur „Du Arsch!" hinterherrief.
Ich ging durch die leeren Flure und stand für einige Minuten einfach so vor der Tür meines Klassenzimmers.
Ich war schon zu spät – müsste ich da jetzt wirklich noch rein?
In meinem Kopf spielten sich gleichzeitig sieben Szenarien ab, mit Dingen, die ich jetzt lieber tun würde, als diesen Raum zu betreten.
Aber heute ließ ich meine Vernunft gewinnen.

Ich trat ein mit den Worten:
„Tschuldigung, ich bin spät dran."
Und setzte mich auf den einzigen noch freien Platz in der ersten Reihe.
Mein Klassenlehrer starrte mich mit seinem unnachgiebigen Blick an:
„Herr von Lenzburg, ich verstehe, dass Sie mit Ihrem perfekten Notendurchschnitt in Französisch, Spanisch und Englisch denken, Sie hätten das Abitur bereits in der Tasche.
Aber ich möchte Ihnen versichern, dass auch Mathematik maßgeblich zu Ihrer Zukunft beitragen wird.
Und wenn ich mir Ihre Noten so ansehe, sind Sie aktuell nicht in der Position, meine Stunden zu verpassen."
Da war es wieder – dieses große Gefühl von Abneigung.
Nicht nur gegen Mathematik allgemein, sondern auch gegen diesen Lehrer.
Besessen von Logik und der einen richtigen Antwort, blickte er mit einer Schwarz-Weiß-Brille auf eine doch so grau nuancierte Welt – und verpasste dabei so viel.
Man könnte Mitleid mit ihm haben – wäre er nicht so ein Riesenarsch.
„Wissen Sie, ich verstehe, dass für Sie Mathematik eine große Rolle einnimmt.
Ich hätte auch früher hier sein können, aber ich habe mich entschieden, statt pünktlich zu sein,

lieber nochmal unter die Dusche zu springen. Ich glaube, das wäre auch für einige andere in diesem Raum die richtige Entscheidung gewesen."
Die Klasse konnte sich nicht zwischen Sprachlosigkeit und lautem Lachen entscheiden - und das allein war mein heutiger Sieg.

„Das Jahr 1982“

In den Wohnzimmern flackert das Traumschiff
über die Bildschirme – wer nicht fliegt, der träumt
davon.
Der Kanzler wechselt, das Schweigen bleibt.
Helmut Kohl verspricht noch immer, was niemand
mehr hören will.
Zu viel gehofft, zu laut getanzt – und doch zu
wenig verändert.
Nicole singt von Frieden, aber keiner weiß, wo
dieser zu finden ist.
Revoluzzer wurden zu Konsumenten, die Parolen
zu Fernbedienungen.
Und aus dem Beat von gestern: das Burnout für
morgen.

„Weißwein, Wut und Weltkarten“

Ingrid, Karl-Heinz & Gabriel

Ruhe. Überall. Das ganze Haus war geflutet mit ihr. Karl-Heinz war wie üblich auf Geschäftsreise. Gabriel in der Universität. Und ich? Ich saß zu Hause.
In Gesellschaft von mir selbst.
Es sind Momente wie diese, die mich an das kalte und hämische Grinsen meiner eigenen Mutter denken lassen:
„Ich hab's dir doch gesagt. Ein Kind ist nicht genug. Ich weiß, wie es ist, wenn einen die Stille von innen heraus auffrisst. Und du? Du wirst es früher oder später auch noch merken.“
Vielleicht sollte ich selbst arbeiten gehen – seit 1977 war das schließlich auch ohne die Erlaubnis des Ehemanns möglich. Aber wollte ich das wirklich?
Ich blickte an die weiße Wand, die mit Familienbildern und Urlaubsfotos geschmückt war. Während Gabriel sich vom kleinen Lausbub mit frechem Grinsen zu einem ansehnlichen Mann mit strahlendem Lächeln entwickelt hatte, war Karl-Heinz immer mehr verblasst.
Man konnte förmlich den zeitlichen Verfall sehen – von einem breiten Lächeln über ein schmales Grinsen hin zu einem ernsten Ausdruck und leeren Augen.

Ich hingegen sah auf jedem Bild gleich aus: perfekt gesteckte Haare, leichter Lippenstift und das Lächeln, das ich seit meiner Kindheit einstudiert hatte.
Ich war makellos auf jedem Foto – und doch wäre ich die erste Figur auf den Bildern, die man übersehen würde.
Noch immer die Wand anstarrend, fragte ich mich selbst:
„Und ich? Wo sind meine Träume? Meine Ziele? Wo bin ich?“

***

Ich öffnete die Haustür – der Auffahrt nach zu urteilen, war mein Alter noch immer unterwegs. Ohne es bewusst zugeben zu wollen, hellte sich mein Tag durch diesen Umstand ein klein wenig auf.
„Bonjour, Mama. Ça va?“
Sie bestand nicht auf die französische Begrüßung, aber es ließ ihre sonst so kühle Art für einen kurzen Moment schmelzen.
Außerdem war diese Sprache schon längst zu meiner eigenen geworden – ich hatte schließlich vor einigen Monaten mein gesamtes Abitur in Französisch geschrieben.
Da heute ein besonderer Tag war und ich früher zu Hause war als sonst, half ich meiner Mama beim Tischdecken.

Als alles vorbereitet war, sprintete ich noch in die untere Etage und mopste mir eine gute Flasche Wein aus den Räumlichkeiten meines Vaters. Vermutlich würde es ihm gar nicht auffallen – ich hatte mich nämlich für Weißwein entschieden, und er trank doch eh nur den roten.

„Sag mal, Mama, wollen wir nicht schon ohne ihn anfangen zu essen?"

Ich kannte die Antwort schon, fragte aber trotzdem.

„Gabriel, wie oft soll ich es dir noch sagen? Respekt vor dem Vater ist das höchste Gut des Sohnes. Wir warten!"

Da war sie wieder, ihre gerümpfte Nase – als würde sie, nur sie allein, einen falschen Geruch im Raum wahrnehmen.

Und so warteten wir. Zehn Minuten, zwanzig, bis fast eine ganze Stunde vergangen war.

Dann hörte ich den Mercedes in die Einfahrt biegen.

Als sich die Tür öffnete, trat nicht nur mein Vater ein – er brachte die schlechte Laune gleich mit: „Abend. Ich hoffe, das Essen steht schon bereit. Ich hatte einen langen Tag, viele nervige Anfragen… Ihr wisst doch mein Assistent hatte vorgestern seinen letzten Arbeitstag – jetzt muss ich den ganzen Scheiß wieder selbst machen."

Er grummelte so vor sich hin, ohne eine Antwort von uns zu wollen. Das tat er oft.

Er redete, um sich selbst zu hören – nicht, um mit uns zu sprechen.

***

Gabriel hatte uns den Weißwein eingeschenkt, erhob sein Glas und sagte laut, fast platzend vor Stolz:
„Ich habe es geschafft! Mein erster Praktikumsplatz ist sicher – und es geht schon in drei Wochen los!"
Er beendete den Satz mit einem lauten „Prost!" und nahm einen ordentlichen Schluck.
Mein Mutterstolz überschlug sich fast vor Freude.
„Gabriel, das sind großartige Neuigkeiten! Wie hast du das denn angestellt – während all deiner Vorlesungen?
Ich wusste gar nicht, dass du Vorstellungsgespräche geführt hast."
Ich konnte nicht glauben, dass er das alles still und heimlich gewuppt hatte.
Bei seiner Antwort blickte er mir nicht direkt in die Augen, sondern starrte in Richtung seines Weinglases:
„Ich hatte auch keine Vorstellungsgespräche. Die ganze Kommunikation lief über Brief, Fax und Telefon.
Es wäre auch sehr schwierig gewesen, mich in der Kanzlei persönlich vorzustellen – die ist nämlich nicht gerade um die Ecke."

Während Gabriel sich noch mitten im Redefluss befand, sah ich im Augenwinkel, wie Karl-Heinz Kopf ganz langsam die Farbe veränderte.
„Du! Du warst das alles?! Drucker leer, Rechnungen hoch, Portokosten!
Sag mal, hast du eigentlich noch alle Tassen im Schrank?!"
Während er schrie, schien sein Gesicht in ein dunkles Rot getaucht.
„Ach Pa, jetzt komm mal wieder runter, ja?" Ich zahle es dir zurück – bis auf den letzten Cent.
Ich habe nicht nur irgendein Praktikum, sondern ein bezahltes. Also:
Alles halb so wild."
Gabriels Lächeln in dieser Situation war so unpassend, dass ich es ihm am liebsten aus dem Gesicht gerissen hätte.
Er wusste genau, wie sein Vater sein konnte.
„Ach, der feine Herr hat ein bezahltes Praktikum? Wo hast du das denn gefunden?
Das kann nur eine Ramschbude sein – eine gehobene Kanzlei muss ja wohl nicht noch für Laufburschen bezahlen!"
Das Gesicht noch immer rot, aber dafür die Stimme wieder ein bisschen ruhiger.
„Nee, das ist keine Ramschbude – das ist einfach eine ganz andere Kultur.
Ich gehe nach Jeddah, Saudi-Arabien. Und da wird man als Praktikant auch noch bezahlt."
Während dieser Worte kippelte Gabriel leicht auf

seinem Stuhl – und es wäre verdient gewesen, wenn er einfach hinten runtergefallen wäre.
Für Karl-Heinz war das sein Stichwort, seine so gut eingeübte Wutparade aufzuführen.
Der Stuhl fiel durch sein Aufspringen um, die Türen knallten laut – und all das begleitet durch sein lautes, kaum noch verständliches Gebrüll.
Gabriel blickte mich mit einer Mischung aus jugendlichem Trotz und ehrlicher Verwirrung an:
„Mama, ihr habt mir doch immer gepredigt, ins Ausland zu gehen.
Selbst Papa war mit seinem schlechten Französisch in Paris.
Und genau das mache ich jetzt."
Ich hatte keine Antwort darauf. Er hatte mit allem Recht – aber das zuzugeben, wäre eine Blamage gewesen.
Ohne mit der Wimper zu zucken, sah ich ihm direkt in die Augen und sagte:
„Wir sprachen von New York, London oder auch Paris. Nicht aber von der dritten Welt!"

„Vom Träumen in Sprachen und dem Rechnen in Pfennig“

Ingrid & Karl-Heinz

Mein drittes, aber vermutlich noch nicht letztes Glas Wein stand vor mir.
Ingrid schon im Bett und Gabriel damit beschäftigt, seine letzten Sachen zu packen.
Morgen würde es für ihn losgehen. Er hätte überall hin gekonnt und entschied sich für ein Land, in dem Frauen sich unter Schleiern verstecken, Männer nur als Machos auftreten und das umgeben von politischen Unsicherheiten ist.
Aber er war erwachsen – da war nichts, was ich machen konnte, außer ihn jedes Mal daran zu erinnern, dass ich seine Entscheidung nicht guthieß.
Und trotzdem hatte er gestern den Nerv gehabt, mich zu fragen, ob ich ihn zum Flughafen fahren würde.
Selbstverständlich – der feine Herr Wirtschaftsprüfer, der für alles so hart schuften musste, fährt den lieben Sohnemann zum Flughafen, um internationale Rechtserfahrung zu sammeln.
Es klingt genau so lange gut, bis herauskommt, wohin der Flieger geht.
Alle anderen jungen Männer aus der Nachbarschaft gehen nach Frankreich, Spanien, England – nur mein Sohn hatte mal wieder alles vermasselt.

„Nein, selbstverständlich fahre ich dich nicht. Da du dich um alles so gut selbst gekümmert hast und meine Meinung geflissentlich ignoriert hast, kannst du ja bestimmt auch dein Moped nehmen."
Bei meinem letzten Satz lachte ich laut auf. Etwas zu gehässig, aber das machte nichts.
Doch Gabriel schaute mich nur an – mit einem Grinsen, als hätte er gerade im Lotto gewonnen – und sagte:
„Weißt du was, Pa? Das ist eine richtig klasse Idee. Ich fliege eh nur mit Rucksack. Wahnsinn, da wäre ich nie draufgekommen."
So leicht wie er immer mit allem davonkam, hatte ich mir das Leben auch einmal vorgestellt – bis mich die Realität eingeholt hatte.

***

Heute war es so weit. Mein kleiner Gabriel-Schatz würde abreisen.
Ich hatte ihn zur Verabschiedung lange umarmt und mir gewünscht, die Zeit einzufrieren.
Karl-Heinz hingegen war arbeiten. Er hatte sich heute Morgen mit den Worten:
„Mach's gut, mein Sohn. Und denk dran, deinen Lohn nicht komplett auszugeben – du schuldest mir noch Porto und die hohen Rechnungen."
verabschiedet, war in seinen Mercedes gestiegen und davon gefahren.

Ich war gerade noch dabei, die letzten Vorbereitungen fürs Abendessen zu treffen, da trat Karl-Heinz in die Küche.
„Ingrid, ist etwas passiert?“
Mit offener Panik packte er mich an den Schultern und sah mich an.
„Nein, es ist alles okay. Mehr als okay sogar. Guck mal hier – ich habe neuen Aufschnitt gekauft. Sieht der nicht einfach fantastisch aus?“
Mit diesen Worten deutete ich auf die Aufschnittplatte, die auf dem Küchentisch stand. Ich fuhr fort:
„Du weißt doch, ich suche schon so lange einen vernünftigen Metzger, seit unser alter zumachen musste.
Die Inflation trifft eben jeden.
Aber jetzt habe ich einen gefunden – es duftet so frisch und sieht so hochwertig aus, findest du nicht auch?“
Schon als ich diese Sätze aussprach, war mir bewusst, dass Karl-Heinz natürlich nicht wusste, dass wir schon lange keine gute Metzgerei mehr hatten. Ich erzählte nie etwas – und er hörte nie zu.
Mit etwas zu viel Ironie in der Stimme sagte Karl-Heinz nur:
„Aber du wirst ja wohl nicht vor Freude über einen neuen Metzger geweint haben, oder?“
„Geweint? Ich? Wieso sollte ich denn weinen?
Ich weine doch nicht, weil mein Sohn heute über 4.000 Kilometer weit weggeflogen ist.

Oder weil er die Sprache des Landes gar nicht sprechen kann.
Oder vielleicht weil er nur umgeben ist von dem Iran-Irak-Krieg, der islamistischen Revolution und Repressionen?
Nein, ich habe nicht geweint. Ich habe die Zwiebeln fürs Abendessen geschnitten, du Schlaumeier. Und da fließen nun mal Tränen.“
Ich verschränkte die Arme. Ich hatte geweint.
Die Sorge um meinen Gabriel saß tief in mir – und doch konnte ich diesen Umstand nicht vor Karl-Heinz zugeben.
Schlimmer als meine Lüge wäre es nur gewesen, wenn mein Mann meine Schwäche gesehen hätte.
Meine nächsten Worte überschlugen sich fast, aber ich verbat mir selbst, ein weinendes Opfer zu sein:
„Weißt du eigentlich, dass jeder andere Mensch mit halbwegs normalem Verstand sich darüber im Klaren ist, dass man beim Zwiebelschneiden weint?“

***

„Ingrid, du verhältst dich hier gerade, als hättest du höchstpersönlich die verdammten Zwiebeln geerntet. Und glaube mir…“
Ich ballte meine Hände zu Fäusten.
„Ich habe in meinem Leben so viel mehr gearbeitet, als du es dir auch nur vorstellen kannst.

Ich weiß ganz genau, wie man Zwiebeln schneidet, Kartoffeln schält oder Rührei macht!“
Nach diesen Worten rutschte mir ein spöttisches Lachen raus, und ich fuhr fort:
„Ich musste alles können, weil wir – anders als du – nicht für jeden Mist jemanden einstellen konnten!“
Meine Fäuste wollten sich einen Weg auf den Tisch bahnen, während Ingrid mich mit einer hochgezogenen Augenbraue ansah, ihr künstliches Lächeln aufsetzte und in einem ruhigen Ton sagte:
„Das klingt ja alles ganz spannend, was du da erzählst.
Dann stellt sich nur noch die Frage, wie du das alles über die letzten Jahre so perfekt vergessen konntest.“
Nun hatten meine Hände den Weg von selbst gefunden, und ich knallte die Fäuste auf den Tisch, der daraufhin bebte.
„Ich habe gar nichts vergessen, du arrogante Kuh!
Ich war damit beschäftigt, dich und den rotzfrechen Jungen durchzubringen – jeden Tag.
Jeden Tag habe ich mir den Arsch abgerackert.
Und du lässt es zu, dass er nach Jeddah reist und Urlaub macht, statt irgendwo ernsthafte Erfahrung zu sammeln.
Das ist alles deine Schuld!“
Ich schrie mir die Wut von der Seele und sprang von meinem Stuhl auf.
Für einen kurzen Moment hatte ich das Bedürfnis, Ingrid zu schubsen – nicht, weil ich es wollte,

einfach weil ich es konnte.
Bevor es dazu kam, knallte ich die Küchentür hinter mir zu.
Und wieder saß ich im dunklen Untergeschoss.
Ein Glas, gefüllt mit Rotwein, in meiner Hand.
Umgeben von schwarzen Türen, farblosen Wänden – und einer beklemmenden Leere.

„Verloren im Sand, gefunden im Staunen“

Gabriel

Mein Flieger setzte zur Landung an. Nur noch ein paar Minuten trennten mich von meinem Ziel: Jeddah.
Ich war nicht nervös, aufgeregt oder ängstlich. Langstreckenflüge und fremde Kulturen waren nichts Neues für mich, pflegten meine Eltern doch immer zu sagen:
„Nirgendwo lernt man so schnell, wie an einem Ort, an dem man kein Wort versteht.“
Ich glaube, ich verspürte das erste Mal in meinem Leben die pure Abenteuerlust.
Ohne Sicherheitsnetz, Papas Kreditkarte oder Kontakt nach Hause. Nur ich und die Fremde.
Die Türen des Flugzeugs öffneten sich, und ich wartete auf den Moment, endlich aussteigen zu können.
Ich dachte an all meine Kommilitonen, die jetzt in London waren. Oder Paris. Oder New York. Aber ich war hier.
Ich wollte nie einer von vielen sein.
Ich bin Gabriel – ich gehe nicht dorthin, wo jeder hingeht. Ich gehe dahin, wo niemand hin will.
Mit meinem Rucksack auf dem Rücken ging ich die typische Flugzeugtreppe runter…
… und nahm meinen ersten frischen Atemzug. Es

fühlte sich an wie eine Mischung aus Meersalz und Staub.
Ich schritt durch die Empfangshalle und suchte den mir zugewiesenen Chauffeur.
Er stand da, in der ersten Reihe, mit einem hochgehaltenen Pappschild, auf dem in schlecht leserlicher Schrift und etwas zu groß „Mister Gabriel“ geschrieben war.
Gemeinsam schritten wir durch das große, karge Flughafengebäude, während uns Männer in klassischen Anzügen, weißen Gewändern und Uniformen umgaben.
Umgeben von mehr Sprachen, als ich je zuvor gehört hatte, versuchte ich diese in meinem Kopf zu ordnen – ich erkannte Französisch, Englisch und Arabisch. Der Rest erschien mir wie ein verschlossenes Buch.
Für einen kurzen Augenblick schaute ich meinen Fahrer fragend an, der mir – als könnte er meine Gedanken lesen – erklärte:
„Mister Gabriel! Wir sprechen hier sehr viele Sprachen. Englisch und Französisch sind nur einige davon.
Was du da eben noch aufgeschnappt hast, waren Urdu, Indonesisch und Arabisch – in Akzenten, die so verschieden sind wie die Städte, aus denen sie stammen.
Du wirst dich an all den Lärm und dessen Schönheit noch gewöhnen, ihn vielleicht irgendwann sogar vermissen, wenn du wieder in

deinem gewohnt stillen Zuhause bist.
Du kommst doch aus Deutschland, richtig?“
Anstatt zu antworten, nickte ich stumm.
Die Sonne strahlte mir ins Gesicht, als wir den Flughafen endlich verließen, und ich fing an, umständlich an meinem Handgelenk herumzufummeln.
Als ich mein Haargummi endlich gefunden hatte, wickelte ich meine blonden Locken in einen schlechten Zopf.
Mein Fahrer, der sich endlich als Mohammed vorgestellt hatte, konnte sich sein Lachen nicht verkneifen, als er mir dabei zusah.
Er zeigte auf seinen kahl rasierten Kopf, deutete in Richtung Sonne und sagte, immer noch lachend:
„Die Trendfrisur des Tores zu Mekka – und das zu Recht!“
Ich stimmte in sein Lachen ein, dann schaute ich ihn ein wenig ernster an und fragte:
„Mohammed, würdest du mir die Ehre erweisen und mir meine Haare abrasieren?“
Noch immer lachend antwortete er mir:
„Mister Gabriel, es wäre mir mehr als eine Ehre – sogar ein wahres Vergnügen.
Soll ich es direkt morgen früh in der Kanzlei machen?“
Ich streckte entschlossen meine Hand hinüber:
„Lass uns einen Deal machen – du rasierst mir morgen früh meine Haare, dafür bist du mein erster Freund in Jeddah!“

Ohne auch nur eine Miene zu verziehen, schlug er ein.
Und so hatte ich meinen ersten – und besten – Freund für den kommenden Monat kennengelernt.
Ich betrat die Kanzlei. In meinen Augen wirkte sie von außen wie ein großer Tempel.
Erst innen wurde die Bürostruktur für mich erkennbar.
Die von mir erwarteten Gerüche – Wolken aus schwerem Parfüm, Leder, Papier, starkem Kaffee und Zigarettenrauch – wurden von etwas anderem überdeckt.
Es roch irgendwie nach all meinen Vorstellungen – versteckt hinter diesem einen Geruch, als hätten wir überreife Trauben in der Küche vergessen.
Ich kannte diesen Geruch nicht, und ohne wirklich darüber nachzudenken, folgte ich ihm.
Ich verirrte mich in einem Labyrinth aus langen Fluren, kleinen Büros und vielen Treppen.
Bis ich vor einer kleinen, eher armselig wirkenden Küche stehen blieb. Dort standen zwei Männer in hellen Anzügen und redeten leise miteinander.
„Sorry, ich folge seit gut zwanzig Minuten einem komischen Geruch und habe mich mittlerweile komplett in diesem Gebäude verlaufen.
Vielleicht könnte mir einer von euch weiterhelfen?“
Ich hätte höflicher fragen können, aber wenn nicht hier, wo dann?
Entgegen meiner Erwartung hatten sich die beiden mit einem großen Lächeln umgedreht.

„Ach, die Europäer wieder – immer der Nase nach, bis sie den Alkohol finden."
Er hatte nicht mir geantwortet, sondern sich leicht zu dem anderen Anzugträger gewandt.
Dann streckte er mir die Hand entgegen:
„Du bist sicher unser Praktikant Gabriel?"
Ich nickte daraufhin wieder stumm und schüttelte seine Hand.
Sein Händedruck war weich – nicht das, was ich aus Deutschland gewohnt war.
Nicht dominant, nicht fest – als zähle nur unser Gespräch, nicht das Ritual.
„Willkommen im Herzen unserer Kanzlei – du hast es direkt am ersten Tag entdeckt: unsere Brennerei."
Beim letzten Satz strahlte er mich an.
„Brennerei?! Aber hier ist Alkohol dich verboten. Oder war etwa mein Reiseführer so veraltet, dass ich mich auf einen Monat Abstinenz vorbereitet habe, ohne es zu müssen?
Meine Stimme verlor sich irgendwo zwischen Entsetzen und Neugier.
„Ach Gabriel, offiziell ist es natürlich verboten. Aber offiziell brauen wir hier auch keinen Wein. Ich denke, ich sollte mich langsam vorstellen:
Ich bin Abdullah, dein Chef. Ich leite die Kanzlei und werde dir in den nächsten vier Wochen unsere Welt, unser Recht und unseren selbstgebrannten Wein näherbringen."

Die nächsten Tage in der Kanzlei waren geprägt durch wiederkehrende Aufgaben:
Akten abheften, Gerichtsdokumente ordnen, Vergleiche zwischen dem arabischen und europäischen Recht, einschließlich zugehöriger Erläuterungen und Berichte verfassen.
Das Rechtssystem unterscheidet sich stark von dem in Deutschland:
keine Paragafenflut, sondern mündliche Entscheidungen.
Kein Gewohnheitsrecht – dafür zitieren die Anwälte hier Urteile auswendig.
Und die Gerechtigkeit steht im Vordergrund, nicht das Recht – solange die gegnerische Partei nicht zu viel Macht in den Händen hält.
Nachdem die ersten zwei Wochen meines Praktikums durch die ganze Arbeit fast verflogen waren, stand auf einmal Mohammed mit einem breiten Grinsen vor meiner Tür:
„Mister Gabriel! Komm, wir müssen los – ich habe eine Überraschung für dich!"
Jede Pore seines Körpers strahlte Freude aus.
„Überraschung? Mohammed, ich habe mir für heute freigenommen, damit ich endlich mal die Altstadt sehen kann und zumindest ein bisschen echtes Jeddah erlebe."
Ich war verdutzt, aber irgendwas an ihm ließ mich ein bisschen glücklicher werden.
„Ach Jeddah hin, Jeddah her. Mister Gabriel, ich zeige dir etwas Echtes, etwas Geheimes – etwas,

das du nie vergessen wirst. Also los, fertigmachen! Wir fahren heute zusammen nach Mekka."
Mittlerweile strahlte er mit der aufsteigenden Sonne um die Wette.
„MEKKA?! Sag mal, Mohammed, bist du bekloppt?
Ich bin kein Muslim, nicht mal gläubiger Christ. Wie soll ich denn da reinkommen?"
Mekka war zwar nur ungefähr 80 Kilometer entfernt – und doch war es Welten weit weg. Rundum geschützt, nicht nur durch Gesetze, auch durch Glauben und Jahrhunderte alte Grenzen. Wenn man zu nah kam, stoppten einen Schilder: „Nur für Muslime!"
Umgeben von Pilgern in weißen Gewändern, Frauen in langen Kleidern, Kindern und Alten – ich malte mir aus, wie Mohammed und ich in solchen weißen Klamotten lospilgerten.
„Mister Gabriel, ich glaube, dir fehlt gerade die nötige Fantasie. Und jetzt hör doch mal auf, so entgeistert zu gucken – ich bin kein Geist und kein Prophet.
Nur Mohammed, der dich nach Mekka bringen wird.
Also hopp! Ich kenne jeden Stein und jedes Sandkorn – wenn nicht ich dich nach Mekka bringe, dann niemand.
Wir nehmen den direkten Weg – ganz ohne Checkpoints!"

Ich spürte eine leichte Angst durch meinen Körper wandern. Aber ich vertraute ihm. Mohammed war schließlich mein erster Freund hier gewesen und hatte mir schon so viel geholfen – mit Übersetzungen, Kulturschocks oder Einsamkeit.
„Weißt du was? Ich habe nichts zu verlieren, aber viel zu gewinnen.
Lass uns aufbrechen!"
Mit diesen Worten gingen wir gemeinsam zu seinem Jeep.
Mohammed kannte sich aus – und doch war die Wüste tückisch und nicht zu unterschätzen.
Die richtigen Straßen hatten sich bereits vor Kilometern von uns verabschiedet, und so fuhren wir wie die Verrückten durch die trockene Wüstenlandschaft.
Schilder gab es keine, und die Orientierung war schnell verloren.
Zwischen Himmel und Sand hoffte ich, dass Mohammed wirklich wusste, was er hier tat.
Er fuhr schnell und unbekümmert, so als könnte ihn hier draußen nichts aufhalten.
Währenddessen war ich nur stummer Passagier – die Dünen, die Oasen, am liebsten hätte ich all diese Momente eingefangen, um sie mit nach Hause zu nehmen.
Nach knapp fünfeinhalb Stunden waren wir angekommen.
Umgeben von Hügeln, Staub und Beton sollte ich das erste und einzige Mal in meinem Leben auf die

verbotene Stadt treffen.
Um mich herum hörte ich die Pilger: wie sie murmelten, beteten, oder ihre Füße nach der langen Reise schlurfen ließen.
Mohammed tippte mir auf die Schulter, während meine Blicke noch immer auf den Pilgern lagen.
Ich folgte seiner Hand – und sah sie:
die große, schwarze, fast schon ehrfurchteinflößende Moschee Al-Masjid al-Haram.
Mein Mund offen, meine Augen geweitet, und meine Gedanken irgendwo zwischen Staunen und Nervenkitzel.
Bis Mohammed mich packte:
„Mister Gabriel, das hier war mein Geschenk an dich. Eine Überraschung, die ich seit zwei Wochen plante.
Einmal die geheiligte Stadt – auch wenn sie für dich nur die Verbotene ist – sehen.
Aber wir müssen los!"
Bevor ich mich vollständig aus meiner Starre befreit hatte und über eine Antwort nachdenken konnte, zog er mich an meinem Hemd. Weg von allem hier. Den Pilgern, der Moschee, der Ehrfurcht – und dem Staub.
Zurück an seinem schwarzen Jeep schob er mich auf den Beifahrersitz.
Ich wollte nicht weg. Ich wollte nur noch mal kurz zurück – mir alles einfangen, wie mit einer Kamera.
Doch wir mussten los – und die Vernunft gewinnen.

Wir befanden uns auf dem Rückweg und ich mich im Halbschlaf, als ich plötzlich einen dumpfen Schlag hörte. Unser Wagen zog leicht zur Seite, bevor Mohammed ihn bremsen konnte. Der Sand knirschte, dann wurde es still.
Ohne einen Hauch von Panik drehte sich Mohammed zu mir:
„Mein Freund, Mister Gabriel, bitte bleib ganz ruhig, ja?
Wir haben anscheinend einen Reifen verloren.
Doch sind wir umgeben von Pilgern, Beduinen und Reisenden – und diese helfen.
Immer. Ganz egal, wer fragt."
Ich wollte etwas erwidern, wütend sein und losrennen. Aber nichts davon würde helfen.
Illegal nach Mekka gereist, illegal bei der Ausreise, umgeben von Sand und den Sternen – Wut würde mir hier nicht helfen.
Ich lehnte mich zurück und beobachtete im Wechsel:
Mohammed, der betete, und die Sterne am klaren Himmel.
Irgendwo dazwischen würde Hilfe warten.
In der Ferne erkannte ich Silhouetten.
Ob es Pilger oder Beduinen waren, wusste ich nicht.
Doch Mohammed hob seine Hand.
Kein Schreien, kein Rufen, keine Hektik – nur seine erhobene Hand.

Eine Gruppe bestehend aus 13 Personen und vier Kamelen kam auf uns zu. Sie sprachen in schnellem, akzentfreien Arabisch zu Mohammed – und dann entfernten sie sich wieder.
„Mohammed, was soll das? Ich dachte, die Gruppe sollte uns helfen.
Jetzt sind alle weg – und wir? Wir stehen immer noch in der Wüste mit nur drei Reifen!"
Ich wollte nicht wütend klingen, tat es aber trotzdem.
„Mister Gabriel, lehne dich zurück und beobachte die Stille der Wüste.
unsere Freunde, die Beduinen, sind auf dem Weg zurück in ihr Dorf und werden Hilfe bringen.
Wie ich schon sagte: Jeder, der hier Hilfe benötigt, wird sie erhalten."
Mit diesen Worten drehte er sich in Richtung Fenster – und verstummte.
Ich tat es ihm nach und blickte erneut in die tiefe Dunkelheit und zählte die Sterne.
Mein Flieger setzte zur Landung an, und ich starrte in das Grau von Köln.
Alles um mich herum war still. Kein Klatschen während der Landung, keine fremden Sprachen und keine Akzente.
Nur ein paar einzelne Passagiere, die sich in klarem Hochdeutsch über den Piloten beschwerten.
Ich nahm meinen Rucksack aus der Gepäckablage, fuhr mir schnell noch über den fast kahlen Kopf – und ging los.

Ich betrat die große Empfangshalle des Flughafens und wusste: Hier würde niemand mit einem zu großen Pappschild auf mich warten.
Ich stieg auf mein Moped und fuhr in Richtung Zuhause.
Doch war ich mir nicht mehr sicher, ob es das wirklich noch war.

„Die späten Achtziger und der Beginn der Neunziger“

Die Achtziger taumeln aus, die Neunziger stolpern rein.
Dauerwelle und Demos, NATO-Doppelbeschuss und Mauerfall.
Und irgendwo dazwischen rückt Deutschland sich selbst wieder näher.
Geredet wird über Sex, aber nicht über Gefühle.
Auf den Schultern Verantwortung, gefedert durch Polster.
Der Osten muss sich neu sortieren, und Westverlage verkaufen schon ihre Zukunft in Hochglanz.
Es wird viel beschlossen und wenig verstanden – doch auf alles getanzt.
– und keiner weiß genau, wann die Musik aufhörte.

„Von grauen Anzügen und bunten Welten“

Ingrid & Gabriel

Schon wieder saß ich vor meinem Schreibtisch, während sich mein saudischer Aschenbecher vor mir fast minütlich füllte.
Ich suchte nach neuen Orten, neuen Praktikumsplätzen, neuen Zielen.
Und mittendrin auch nach mir selbst. Ich wollte nicht nur hier weg – ich musste.
Weg von meinen Eltern, meinem zu dunklen Zimmer und meinen Kommilitonen.
Die Engstirnigkeit, die mich umgab, machte mich krank.
Immer wieder hörte ich: „Das haben wir schon immer so gemacht!“ – aber auf die Frage „Und was, wenn es schon immer der falsche Weg war?“ antwortete niemand.
Ich erinnere mich an die erste Woche zurück in Deutschland. Kein einziger fragte nach dem Warum.
Sie waren nur schockiert über meinen kahlen Kopf.
Die Leute um mich herum schauten genau bis zum Ende ihres Tellerrands und wunderten sich dann über Dinge, für die es schlicht einen anderen Wetterbericht gab.
Es regnet im Februar in Köln, Paris, London – also muss es das auch in Jeddah?
So funktioniert ihre Welt. Aber nicht meine.

Erst kam ein Brief, dann der zweite, auf den noch viele weitere folgen sollten.
Umschläge mit Briefmarken aus der ganzen Welt, würde mein Vater noch Briefmarken sammeln, wäre seine Sammlung in dieser Zeit wohl enorm gewachsen: Toulouse, Brüssel, Tokyo, London, Madrid, Paris und Barcelona.
Ich hatte mich überall beworben – und anscheinend wollte jeder Ort mich haben.
Mein erster hochoffizieller Auslandseinsatz führte mich nach London.
Ich hatte mich eigentlich aus Jux beim European Commission Office beworben.
Eine Zusage hatte ich nicht wirklich erwartet – und ehrlich gesagt, auch nicht darauf gehofft.
Alles an dieser Vertretung klang langweilig.
Aber ich wollte London sehen, und so buchte ich mir meinen nächsten Flug.
Mein neues Büro war das genaue Gegenteil von der Kanzlei in Jeddah.
Statt einem Tempel empfing mich dieses Mal ein hässlicher Betonklotz.
Ich recherchierte aktuelle Rechtsentwicklungen, verfasste Berichte zu Auswirkungen von neuen europäischen Richtlinien auf das britische Rechtssystem und analysierte Gerichtsurteile.
Niemand zitierte hier etwas frei nach Gusto – alle bewarfen sich gegenseitig mit Paragrafen und Urteilen.

Generell war hier alles so langweilig. Und alles war grau.
Egal, wo ich hinblickte: graue Wände im Büro, der wolkenverhangene Himmel.
Die Anzüge meiner Kollegen. Selbst das Essen – Shepherd's Pie oder Bangers and Mash – war genauso farblos.
Bei jedem Bissen bereute ich meine Entscheidung mehr.
Warum war ich hier und nicht irgendwo am Meer mit Pizza, Pasta, Wein und Tapas?
Und es war still. Eine Stille, die ich kaum aushielt – obwohl meine Kollegen ständig brüllten oder Paragrafen vor sich hinmurmelten.
Oft erwischte ich mich dabei, wie ich an Mohammeds erste Worte zurückdachte:
„Wir sprechen hier sehr viele Sprachen. Vielleicht wirst du es irgendwann sogar vermissen."
Und er hatte Recht behalten. Denn hier war ich umgeben von drei Tonlagen, die alle irgendwie gleich klangen:
London-Englisch, Amerikanisch-Englisch und Englisch mit Akzent.
Zurück zu Hause hatte sich kaum etwas verändert.
Noch immer war alles grau.
Nur eines hatte ich so wirklich in London gelernt – ich mochte die klassischen Pubs lieber als unsere Kölsch-Kneipen.
Mittlerweile hätten mein Vater und ich gemeinsam Wetten abschließen können, wer von uns beiden

später nach Hause käme. Er von seinen Geschäftsreisen oder ich von meinen immer länger werdenden Vorlesungen.

***

Ich hatte gerade frischen Kaffee aufgesetzt, als ich bemerkte, dass Gabriel immer noch in seinem Zimmer mit verschlossener Tür saß.
Seitdem er aus London zurückgekehrt war, kam er kaum noch nach oben.
Er frühstückte nicht mehr mit uns, zur Mittagszeit war er außer Haus, und abends ging er lieber mit Freunden in die Kneipe, anstatt mit uns am Tisch zu sitzen.
Ich klopfte kurz an die Tür – schob sie aber schon im gleichen Moment nach vorn und trat in sein Zimmer.
„Gabriel-Schätzchen, was machst du? Ich habe Kaffee aufgesetzt."
Ich schenkte ihm ein Lächeln und wartete darauf, dass er von seinem schwarzen Ledersessel aufstehen und mit mir in die Küche kommen würde.
Doch nichts passierte – nicht mal der Sessel drehte sich in meine Richtung.
Nur sein Gesicht war für einen kurzen Moment zu mir gerichtet.
„Mama, ich lerne! Außerdem muss ich mich noch auf Barcelona vorbereiten.

Ich habe gerade weder Lust noch Zeit, mit dir Kaffeeklatsch zu spielen."
Und da war der Kopf auch schon wieder hinter der Sessellehne verschwunden.
„Aha, der feine Jura-Student ist sich jetzt wohl schon zu fein, mit seiner Mutter Kaffee zu trinken. Seitdem du hier bist, tust du gar nichts mehr, außer in deinem müffelnden Zimmer zu sitzen – du musst hier wirklich mal wieder lüften.
Du hast das Auto nicht einmal gewaschen, den Rasen gemäht oder sonst irgendwas Nützliches gemacht!"
Ich wollte nicht so anklagend klingen, aber irgendwann musste der Junge wieder zu Verstand kommen.
„Mama, nochmal: Ich bin gerade beschäftigt.
Aber falls du es genau wissen willst – ihr habt einen Gärtner, der immer, wenn ich im Ausland bin, hier ist.
Sagt ihm doch einfach, dass er einmal mehr im Monat vorbeischauen soll.
Und zum Auto: Papa fährt nach jeder Dienstreise in die Waschanlage. Es wäre ihm doch viel zu peinlich, mit nur einem Vogelschiss auf dem Dach gesehen zu werden.
Das Einzige, was ich selbst putzen muss und auch regelmäßig putze, ist mein Moped.
Daran wird sich auch nichts ändern, wenn du jetzt anfängst, alle zehn Minuten mit frischem Kaffee in meinem Zimmer zu stehen."

Ich glaubte meinen Ohren nicht mehr trauen zu können.
Wie gern hätte ich ihn einfach kurz geschüttelt, um irgendwo in seinem Zynismus wieder meinen kleinen Gabriel hervorzuholen.
Aber dann erinnerte mich der Duft, der mir nun um die Nase wehte, dass mein Kaffee fertig war.
Ich verließ das Zimmer meines Sohnes und setzte mich in die Küche. Der Tisch gedeckt – für Einen.

***

Langsam meldete sich meine Unsicherheit, während ich die letzten Vorbereitungen für Spanien machte.
Ich saß hier vor meinem Wörterbuch, den Karteikarten und Übungszetteln mit meinen Vokabeln und hatte schon beim ersten Versuch gemerkt, dass ich das meiste dieser Sprache vergessen hatte.
Manchmal schrieb ich die Vokabeln auf, nur um dann festzustellen, dass es die französische Übersetzung war.
Spanisch war zwar keine Grundvoraussetzung für dieses Praktikum gewesen, da sie mich für die englischen und französischen Kundenbeziehungen angenommen hatten, aber so ganz ohne Wortschatz wollte ich eben doch nicht abreisen.
Ich stieg wie gewohnt aus dem Flieger – es war wie mein Bühnenauftritt, den ich mittlerweile

perfektioniert hatte.
Und Barcelona empfing mich mit strahlendem Sonnenschein.
Dieser Ort war wie eine bunte Süßigkeitenbox.
Egal, wo man hinsah, war Kunst.
Manche so laut, dass es fast wehtat – und andere nur für die sichtbar, die nach ihr suchten.
Zwischen Gotik, Ruinen, Graffiti und Tapas fühlte ich mich das erste Mal seit langer Zeit wieder richtig.
Es war, als wäre die glückliche Version von mir in meinem Koffer mitgereist und hätte nur darauf gewartet, endlich ausgepackt zu werden.
Ich lachte lauter, feierte mehr – und all das, obwohl ich weniger schlief.
Durch die Arbeit schärfte ich meine französischen Vokabeln, während ich im spanischen Supermarkt drei Kilo Butter statt Grillfleisch bestellte.
Jeder Feierabend läutete eine neue Tapas-Runde ein.
Umgeben von den Junior-Anwälten der Kanzlei, zwischen frischen Oliven, Patatas Bravas, Gambas in Knoblauchöl, Chorizo und zu viel Weißwein, fühlte ich mich, als würde die Sonne aufgehen – obwohl sie gerade untergegangen war.
Dieser Abschied war schwer. Schwerer als der von London. Auch schwerer als der von Jeddah – damals wusste ich noch nicht, dass mein Glücks-Ich nur an manchen Plätzen existieren kann.
Ich versprach meinen Kollegen, als fertiger

Volljurist wiederzukommen.
Und irgendwie versuchte ich auch, es mir selbst zu versprechen.
Ich war mehr im Ausland als zu Hause, doch irgendwann musste diese Reise, die sich wie ein großer Abenteuerspielplatz angefühlt hatte, zu Ende gehen.
Immerhin: Die Arbeitszeugnisse trudelten nach und nach ein, und mit jedem Brief, den ich bekam, wurde mir auch ein Lächeln geschenkt.
Die Berichte – allesamt mit Bestnoten – aus verschiedenen Sprachen, mit mal mehr, mal weniger guten Seitenübersetzungen ins Englische.
Für mich waren sie nicht nur Papier, nicht mein Einstieg in eine große Karriere.
Sie waren mein kleines Marmeladenglas des Glücks.
Sie schickten mich zurück zu meinem ersten frischen Sushi und dem echten Wasabi nach Tokyo und daran, wie ich mich in einem Restaurant verirrte, als ich eigentlich nur aufs Klo wollte.
Wie ich in Paris eine wunderschöne junge Frau namens Monika ausführte, von der ich nur noch wusste, dass sie auch aus Deutschland kam – aber vergessen hatte, woher genau.
Wie ich in Spanien Butter statt des Fleisches kaufte.
Wie ich Mekka sah und niemandem davon erzählen konnte.
Wie sich das Grau aus Deutschland in einem anderen Farbton über London legte.

Und wie ich in Barcelona mein Lachen zurückgewann.
Ich richtete meine schwarze Krawatte, als ich mich noch ein letztes Mal im Spiegel ansah.
Ich sah aus, als würde ich auf eine Beerdigung gehen – und so fühlte ich mich auch.
ich war auf dem Weg zu meinem Referendariat bei der Kölner Staatsanwaltschaft – von dem ich genau wusste: es würde nicht in meinem Marmeladenglas landen.
Zusätzlich war ich jetzt auch Pendler. Mein Moped: Geschichte.
Dafür war die Bahn mein neuer Bekannter.
Jeder Tag war gleich: Aufstehen, anziehen, frühstücken, ab in die Bahn, die Staatsanwälte zu Gericht begleiten, Strafbefehle erstellen, Aktenberge auf meinem Schreibtisch abarbeiten, zurück in die Bahn, zu spät zu Verabredungen mit Freunden kommen, schlafen. Und von vorn.
Es war ein Theaterstück, bei dem niemand am Ende applaudierte – weil alle schon davor gegangen waren.
Eins lernte ich schnell: Niemals würde ich hier arbeiten.
Und während ich mein Glücks-Ich noch mehr vermisste als sonst schon, erinnerte mich das „X“ in meinem Kalender, dass alles bald ein Ende finden könnte.
Der große Tag „X“ – mein 2. Staatsexamen.

„Das Jahr 1992“

Der Osten ist noch lange nicht da, wo der Westen beginnt. Und keiner weiß sicher: Ist er schon in der neuen Welt – oder noch verlassen in der alten?
Man hört Neuigkeiten über Computerrevolution und Aktienboom – und doch interessieren sich alle mehr fürs Wetter.
Während der Kalte Krieg beendet wird, bildet sich die Europäische Union – und Jugoslawien zerbricht.
In Amerika ziehen Menschen durch die Straßen – und rufen den Namen „Rodney King!“
Die Musik von Freiheit und Fortschritt vermischt sich langsam mit dem Überdruss am Vergangenen.
Und irgendwie mischt jeder mit, egal, ob mit Handy oder Walkman.

„Abschied in die Freiheit“

Ingrid, Karl-Heinz & Gabriel

Ich schaute noch einmal in meinen Koffer. Er war voll bis oben hin, schließlich war er alles, was ich in meine neue Wohnung mitnahm.
Mein Aschenbecher aus Saudi-Arabien, der Bieröffner aus Barcelona, der kitschige Magnet aus Mailand – nur ein paar meiner gesammelten Mitbringsel aus der Welt.
Mein Studium hatte ich "mit Prädikat" – was für ein besonders gutes Ergebnis steht – abgeschlossen und ich erinnere mich, wie ich vor der großen Auswahl auf dem Arbeitsmarkt fast in Ohnmacht oder Größenwahn fiel.
Ich wusste genau, was ich nicht wollte – wie die Staatsanwaltschaft oder das European Commission Office – aber was genau ich wollte, davon hatte ich keine Ahnung.
Etwas, das Spaß macht, wo nicht jeder Tag von Routine geprägt ist.
Irgendwas, wo ich Lösungen finden statt Probleme besprechen kann.
Meine Eltern hatten mich nach dem Studium schon als Richter gesehen:
„Richter Gabriel von Lenzburg – das klingt nach was. Das schindet richtig Eindruck!“
Bei diesen Worten hatte mein Vater mir, ein wenig zu fest, auf die Schulter geklopft.
Vermutlich sah er mich schon jeden Morgen in

einen silbernen Mercedes, wie seinen, steigen und abends zu meiner Frau und dem vorbereiteten Abendessen nach Hause kommen.
Auch meine Mutter stimmte mit ein:
„Das wäre doch mal was! Da würden die Nachbarn und meine blöde Friseurin, diese Klatschtante, aber Augen machen. Sie kennen dich ja alle noch von früher – eher als einen frechen Bub."
Sie lächelte stolz vor sich hin. Vielleicht, weil sie wirklich stolz auf mich war.
Vielleicht aber auch, weil sie endlich mehr vor den Nachbarn angeben konnte.
Während beide in ihrer Fantasiewelt träumten, packte mich der starke Drang, sie zu unterbrechen:
„Sagt mal, ihr habt ja wohl beide nicht mehr alle Tassen im Schrank! Ich werde weder Richter noch Staatsanwalt.
Habt ihr vergessen, wie sehr ich mein Referendariat gehasst habe?"
In mir kam wieder dieses Gefühl auf. Es war das Gegenteil von dem, was ich in Barcelona gespürt hatte.
So als wäre das Glücks-Ich verschwunden und ein dunkler Schatten hätte den Raum betreten.
Sie schenkten mir keinen Blick, noch sonst irgendeine Beachtung – sie saßen einfach da, in ihrer kleinen Traumwelt.
Als ich anschließend meine Bewerbungen schrieb, erinnerte ich mich kurz an mein Versprechen an mich selbst – und schob es weg.

Ich versuchte, mich selbst zu überzeugen, dass es noch nicht der richtige Zeitpunkt war.
Ein echter Job, besonders der erste, ist eben was ganz anderes als so ein Praktikum.
Erst musste ich mir mehr Wissen aneignen, dann der Beste in meinem Feld werden – und dann würde der richtige Moment schon kommen.
Dann würde ich zurückgehen. Vielleicht nach Barcelona. Vielleicht Paris. Vielleicht zurück nach Jeddah.
Meine Bewerbungen verschickte ich quer durch Deutschland. Nur Nordrhein-Westfalen, das hatte ich auf meiner Karte ausgegraut.
Und irgendwann kam es eben zu meinem heutigen Umzug.
In einigen Stunden würde ich in meinem neuen Zuhause ankommen – Hamburg.
Die Hansestadt mit den nordischen Kaufleuten.
Ich bildete mir ein, dort einige Ähnlichkeiten zu Barcelona zu erkennen:
Beide Städte lagen am Wasser und waren bedeutende Hafenstädte.
Die Architektur Hamburgs konnte zwar nicht mit der gotischen Altstadt mithalten, aber es gab sie noch – die Speicherstadt.
Außerdem hoffte ich sehr darauf, auf der altbekannten Reeperbahn wieder mit Lachen gefüllte Nächte zu erleben – wie damals in den kleinen Seitenstraßen Barcelonas.

Ich überprüfte ein letztes Mal, ob ich wirklich alles hatte: meine Erinnerungen, ein paar Bücher und meine Klamotten.
Keine Anzüge – ich brauchte sowieso neue.
Dann lud ich meinen Koffer auf den Beifahrersitz meines roten, etwas in die Jahre gekommenen Alfa Romeo Spider und ging zurück zu meinen Eltern.
Erst zu meiner Mutter, die sich wie immer in einem ihrer feinen Ausgehkleider mit Perlenkette, etwas zu überdramatisch präsentierte.
Sie gab mir eine flüchtige Umarmung und sagte dabei, so laut, dass es auch die Nachbarn hörten: „Ich bin ja so stolz auf dich. Mein kleiner Gabriel – so erwachsen!
Jurist für internationale Rechtsangelegenheiten bei einem so bekannten Versicherungskonzern!"
Dann wischte sie sich mit ihrem Taschentuch die nicht vorhandenen Tränen aus dem Augenwinkel und trat zur Seite, um Platz für meinen Vater zu machen.
„Mein Junge! Nichts geht doch über den guten alten Händedruck, oder?
Mach was aus der Karriere, die ich dir in die Wiege gelegt habe!"
Wie aus seinen Worten erkennbar, gab es keine Umarmung – alles, was blieb, war der feste Händedruck.
Und so war mein Kapitel in einer kleinen Vorstadt von Köln beendet.
Ich sprang in mein geöffnetes Cabrio, den Koffer

neben mir, und sagte zu mir selbst:
„Sie wartet auf dich – die große, weite Welt!“

„Das Jahr 1995“

Die Europäische Union wird erweitert und die Welthandelsorganisation entsteht.
Ein Schaf wird geklont, und die Welt sieht es – im World Wide Web.
Die Spice Girls erobern die Charts, während O.J. Simpson vor Gericht sitzt und Weltgeschichte schreibt.
In Japan sterben Menschen, und Indien ist überschwemmt – aber all das interessiert uns nicht – wir warten lieber auf den Euro.

„Pizza, Paragrafen, Pünktlichkeit“

Gabriel

Mein dritter Wecker schlug Alarm. Ich schielte auf die Uhrzeit und sah, dass es jetzt leider wirklich Zeit zum Aufstehen war.

Obwohl mein Bett die besseren Argumente hatte, stand ich auf.

Ich war noch nie ein echter Frühaufsteher gewesen, aber seitdem sich die morgendlichen Geschäftsflüge häuften, fiel es mir noch schwerer.

Ich schlurfte durch mein zu großes Apartment und blickte für einen kurzen Moment hinaus auf den Stadtpark.

Dort sah ich einige Jogger und nahm mir fest vor, auch wieder damit anzufangen.

Nur noch dieser eine Geschäftstrip, danach würde mein Wecker noch früher klingeln, damit ich mich auch bei den Läufern einreihen könnte.

Nach einer heißen Dusche zog ich meinen dunkelblauen Anzug an – ich hatte zwar nicht viele, aber alle waren maßgeschneidert.

Meine Aktentasche in der linken Hand, die neue Uhr an der rechten, trat ich aus meiner Tür und rief mir ein Taxi.

Als mich der Fahrer endlich auf der oberen Etage des kleinen Hamburger Flughafens rausließ, sprintete ich los.

„Tschuldigung, kann ich mal schnell durch? Ich bin spät dran.“

Stammelte ich wie ein auswendig gelerntes Gebet vor mich hin, während ich mich gekonnt in der Schlange zum Security-Check vordrängelte.
Durch die undeutlichen Lautsprecher hörte ich: „Letzter Aufruf für den Lufthansa-Flug A7346 nach Mailand. Herr Gabriel von Lenzburg bitte zu Gate A37!“
Ich sprintete weiter. Mit einem charmanten Lächeln in Richtung der Stewardess gelang es mir, schlussendlich als Letzter ins Flugzeug zu springen.
In der Luft angekommen, konnte ich endlich meine Unterlagen aus meiner Aktentasche herauskramen und zum ersten Mal lesen.
Irgendein Großschaden von irgendeinem Key-Account irgendwo in Mailand.
Das Produktionsgebäude: abgebrannt bis auf die Grundmauer.
Ich notierte mir schnell einen kurzen Vermerk in meiner immer unsauberer werdenden Handschrift:
Ich müsste unbedingt mit meiner Sekretärin sprechen – Produktionsgebäude brennt ab in Italien. Und sie bucht einen Flug?
Hätte sie auch nur drei Meter weitergedacht, anstatt sich mal wieder die Lippen zu schminken, wäre auch sie auf die bestehenden Verbindungen zur Mafia gekommen.
Aber da ich schon einmal im Flugzeug war und keine anderen Pläne mehr hatte, freute ich mich einfach auf den guten Espresso und ein Croissant.
Obwohl die Mailänder kein Fan davon sind, wenn

ich die auch so nenne.
„Brioche! No Croissants – Italiano per favore! Brioche!“ oder so ähnlich, riefen sie mir jedes Mal hinterher.
Ich wusste natürlich, dass die Franzosen und Italiener sich seit Ewigkeiten, um die Erfindung dieses Gebäcks stritten – gerade deswegen machte es ja so viel Spaß, sie in Italien unter „Croissants“ und in Frankreich als „Brioche“ zu bestellen.
Ich stieg wie gewohnt aus dem Flieger und die italienische Metropole begrüßte mich wie immer: Mit zu viel Parfüm, zu viel Stolz und zu wenig Interesse an Pünktlichkeit.
Die Verhandlung zog sich dahin, langweilig wie immer.
Aber irgendwann wurden wir uns einig: Mein Kunde müsste den Brandschaden selbst übernehmen, dafür gingen die frisch bestellten Pizzen auf mich.
Man muss es ihnen lassen – sie wissen nicht nur, wie man Deals abschließt, sondern auch, wie man das Leben genießt.
La Dolce Vita eben.
Wir tranken Weißwein und lachten viel.
Meine Kunden machten Witze über meine schlechte italienische Aussprache und ich über ihren starken Akzent im Englischen.
Nach dem Espresso zum Abschluss saß ich, leicht betrunken und glücklich, schon wieder im Taxi.

Meine Uhr zeigte 22:13 Uhr an als ich kurz an die, auf mich wartenden, Aktenberge in meinem Büro dachte und mich fragte, ob ich nicht nach Mailand ziehen sollte.
Dann schenkte ich mir noch ein Glas Weißwein ein – der Alkohol hatte sich heute so wunderbar in den Tag gemischt, dass es mir wie eine Sünde vorgekommen wäre, diesen nicht mit einem letzten Glas zu beenden.
Ich nahm einen Schluck, steckte mir die Zigarette an und lächelte über dem Hamburger Stadtpark.
Noch mit dem halben Auge in meinen Akten, blickte ich auf die Uhr.
Fuck! Ich Idiot – wieder zu spät.
Es war 21:43 Uhr und Jürgen und ich waren seit nunmehr 43 Minuten in der Hong Kong Bar verabredet.
Ich rannte die Treppen der U-Bahn-Station runter und blickte mich suchend um, als ich endlich ankam.
Wie immer, mitten im Gedränge an der Theke, fand ich ihn – vertieft in ein Gespräch mit einem Hafenmitarbeiter.
„Sag mal, Jürgen, warum ausgerechnet diese versiffte Kneipe? Gibt‘s hier keinen Ort ohne diesen permanenten Geruch nach Fisch?“
Ich war genervt. Nicht von der Bar, nicht von den Fischern – von mir und meiner wiederholten Unpünktlichkeit.

„Gabriel, du hier und nicht in Hollywood?
Nach deiner filmreifen Verspätung dachte ich schon, ich sehe dich bald im nächsten Blockbuster!"
Mit einer herzlichen Umarmung begrüßte Jürgen mich, um mir anschließend ein Astra-Bier rüberzuschieben:
„Ist mittlerweile pisswarm. Aber wer zu spät kommt, den bestraft das Leben."
Fügte er noch hinzu und grinste dabei ein wenig breiter als zuvor.
„Danke, für die Plörre. Und sorry fürs Zuspätkommen – ich war schon wieder in diesen neuen Vertragsentwürfen für Paris vertieft.
Du weißt ja, um wie viel Geld es da geht. Aber egal.
Ich hab's vermasselt und dich verdammt lange hier sitzen lassen.
Ernsthaft, sorry!"
Ich blickte nicht auf den Boden, sondern direkt in sein Gesicht. Ich sagte nur ungern Entschuldigung, aber wenn ich es mal tat, dann aufrichtig.
„Man, Gabriel, alles im Lot. Bevor du hier ankamst, hatte ich super Gespräche über die Neuerungen und den ganzen Schwachsinn mit den Hafenarbeitern.
Und apropos – ich lasse deine Unpünktlichkeit privat gern durchgehen, aber gewöhn dir das bloß nicht bei der Arbeit an.
Ich bin schließlich immer noch dein Chef!"
Jürgen versuchte für einen Moment, ernst zu

gucken.
Doch das sah so bescheuert aus, dass mir fast mein Bier durch die Nase schoss.
Nach ein paar Bier mehr und viel Gelächter fiel mir wieder ein, dass ich ihn schon seit einigen Tagen etwas fragen wollte:
„Kennst du eigentlich diese Monika?
Die, die zwei Etagen über uns arbeitet. Ich habe schon ein bisschen was gehört, aber gesehen habe ich sie, soweit ich weiß noch nie.
Und wir fliegen nächste Woche zusammen nach Paris für die Vor-Ort-Verhandlungen."
Jürgen beantwortete meine Frage mit einem Pfeifen.
„Ach, du bist der Glückliche?
Du meinst Monika Stehler, die neue Assistentin der Geschäftsführung. Aktuell durchläuft sie alle Abteilungen, damit sie die einzelnen Aufgaben und Mitarbeiter kennenlernt.
Gerade du solltest dich besonders gut mit ihr stellen – im Gegensatz zu den meisten deiner Kollegen spricht sie auch fließend Französisch, war wohl früher mal einige Zeit in Paris.
Normal würde ich jetzt noch von den dunklen Locken und langen Beinen erzählen, aber du wirst sie ja selbst in einer Woche sehen."
Mit einem herzhaften Lachen und einem letzten Astra beendeten wir den Kneipenabend.

„Déjà-vu im Le Train Bleu“

Monika & Gabriel

Der Flieger war bereit zum Abheben, und doch war der Platz neben mir noch leer.
Wo blieb er nur? Von Gabriel, dem von allen gelobten Dealcloser meiner Firma, fehlte noch jede Spur.
Ich schwankte irgendwo zwischen genervt und verunsichert, während ich auf die noch immer geöffnete Flugzeugtür blickte.
Dachte dieser arrogante Anwalt wirklich, ich wäre ein Dummchen von Sekretärin, das er versetzen könnte?
Immer denken diese Geschäftsmänner in ihren maßgeschneiderten Anzügen, sie seien etwas Besseres – aber sobald die Sekretärin einmal ausfällt, wissen sie nicht mal mehr, wie man eine Kaffeemaschine bedient.
Meine anfängliche Unsicherheit schlug in meinem Kopf in Rage um, und ich fantasierte darüber, wie Gabriel den Flug verpasste, ich in Paris in einem kleinen Café am Straßenrand mit Croissant und Cappuccino sitzen würde.
Wie er danach zu seinem Chef zitiert werden würde, um zu erklären, weshalb er nicht bei den Vertragsverhandlungen aufgetaucht ist.
In der Fensterscheibe spiegelte sich mein schadenfrohes Grinsen, bis mich ein „Bonjour“ der Stewardess aus meinen Gedanken riss.

Eingestiegen war ein Unsympath vor dem Herrn: Sonnenbrille auf, Aktentasche in der Hand und diese vollkommen unpassenden Schuhe.
Budapester sind vielleicht in Italien oder Spanien modern, aber in Paris ist das ein echtes No-Go.
Noch immer mit der Sonnenbrille im Gesicht setzte er sich – und ich realisierte: Das war Gabriel.
„Morgen, Sie müssen Monika sein, freut…"
Mitten im Satz brach er ab, so als wäre seine Festplatte leicht beschädigt.
Ich ertappte mich dabei, wie ich genervt die Augen rollte, während sich auf seinem Gesicht ein breites Grinsen bildete.
„Gott, ich glaub‘s nicht, so klein ist die Welt.
Monika!
Wären wir nicht schon angeschnallt, glaub mir – ich würde dich sofort drücken!"
Mein Kopf ratterte, doch bevor wir tiefer in diese unangenehme Unterhaltung einsteigen konnten, wurden wir durch eine Stewardess und die Sicherheitseinweisungen unterbrochen.
Wir kramten in den Akten, zeigten uns gegenseitig unsere markierten Paragrafen und besprachen die Taktik.
Anstatt weiterhin peinlich berührt über unser Wiedersehen zu sprechen und den „Wir haben uns ja ewig nicht gesehen, was hast du denn so getrieben"-Smalltalk zu führen, wussten wir beide: Wir hatten noch eine Verhandlung vorzubereiten.

Bei den Vertragsverhandlungen spielte ich eher stille Zuhörerin – ab und zu ein Nicken, hier und da ein Lächeln.
Während all dem fragte ich mich: Wie konnte Gabriel das alles machen, ohne bei seinem Gerede selbst einzuschlafen?
Nach vier Stunden ohne Pause und hin- und herfliegenden Argumenten einigten wir uns darauf, dass beide Parteien noch mehr Zeit bräuchten.
In knapp zwei Wochen würden wir erneut in den Flieger steigen und alles Weitere diskutieren.
„Vielen Dank für Ihr Verständnis! Als Zeichen unseres Entgegenkommens würden wir Sie gern zum Essen einladen.
Dic Straße runter wurde erst letzte Woche ein neues Restaurant eröffnet – Französisch mit japanischem Einfluss.
Haben Sie noch Zeit mitgebracht?"
Der gegnerische Anwalt lächelte einladend.
Ich setzte zu einem zustimmenden Nicken an, doch Gabriel kam mir zuvor:
„Danke, an einem anderen Tag wären wir gern Ihre Gäste! Aber Sie wissen ja, wie es ist hier in Paris – immer viel zu tun, zu viele Termine, der Terminkalender völlig ausgebucht.
Zur nächsten Verhandlung bringen wir mehr Zeit mit, das neue Restaurant wollen wir uns auf keinen Fall entgehen lassen!"
Hände wurden geschüttelt, und wir gingen davon.

„Sag mal, Gabriel, was haben wir denn noch so Wichtiges vor, dass wir keine Zeit für Lunch einplanen konnten?
Mein Terminkalender ist nämlich ganz offiziell komplett leer.
Oder bist du etwa auf einer neumodernen Diät – eine von denen, die Männer noch mit 50 so aussehen lässt wie mit 30?"
Ich war hungrig, ein bisschen genervt, und sauer, dass er mir mein französisch-japanisches Mittagessen verwehrt hatte – aber ein Lachen konnte ich mir trotzdem nicht verkneifen.
Er stimmte ein:
„Nein, aber gute Idee. Vielleicht sollte ich das bald angehen – mit 50 so aussehen wie jetzt, das wär's doch, oder?"
Er guckte ernst, bevor er weiterlachte.
„Aber nun zu unserem vollen Terminkalender. Wir gehen ins Le Train Bleu.
Wie vor gut zehn Jahren bei unserem ersten Date! Aber heute muss ich mir keine Sorgen mehr machen, dass du mir mit deiner Bestellung die letzten Ersparnisse aufisst."
Er lachte noch immer – aber nicht mehr nur aus Witz.
Und irgendwie bildete ich mir ein, dort ein echtes Lachen zu sehen – und spürte mein eigenes dabei.

„Das Jahr 1998“

Britney Spears tanzt im Schulmädchen-Look mit „Baby one more time“ in den Charts, während Carrie Bradshaw im Tüllrock ihr Monatsgehalt für Designerschuhe ausgibt.
Sex and the City war keine reine Fernsehshow, sondern die neumoderne Modebibel.
Bill Clinton kämpft mit dem Lewinsky-Skandal und die Franzosen werden zum ersten Mal Fußballweltmeister.
Harry Potter erscheint auf dem deutschen Markt, während Titanic elf Oscars gewinnt.
Und irgendwo dazwischen leben Menschen mit Faxgeräten, Telefonzellen – und dem leisen Verdacht, dass das Internet nicht nur eine Phase ist.

„Apfelbäume und Versprechen“

Monika & Gabriel

Die Sonne schien mir ins Gesicht, und ich ließ sie gewähren. Dann schnappte ich mir Monika.
Ich wirbelte sie im großen Bogen um mich herum. Umgeben von unserem noch kargen Wohnzimmer blickte ich ihr tief in ihre grünen Augen und sagte, durch all die Aufregung ein wenig zu laut:
„Lass uns keine Möbel kaufen.
Wer braucht schon ein richtiges Wohnzimmer? Wir könnten einfach ewig hier frei tanzen.
Was sagst du?“
Vor meinem inneren Auge sah ich schon meinen alten Plattenspieler mit meiner Jazz-Sammlung in der Ecke stehen und Kunst an den hohen Wänden hängen.
Sie strahlte mich an:
„Das klingt wunderbar! Und dann arbeiten wir einfach nie wieder, und anstatt zu Geld zu verdienen, trinken wir jeden Morgen im Garten Sekt mit Orangensaft und genießen die Sonne, ok?“
Bei diesem Satz blickte sie rüber in den noch leeren Garten, in dem nichts war, außer Rasen und Unkraut.
Ich hingegen blickte nur auf sie und spürte, wie ich mich sekündlich mehr in die Vorstellung der gemeinsamen Zukunft verliebte.
„Das machen wir. Und immer, wenn es hier kälter

wird, setzen wir uns in den nächsten Flieger Richtung Süden. Egal wohin – Hauptsache warm!"
Noch bevor ich den nächsten Satz zu Ende gedacht hatte, sprudelte er nur so aus mir heraus:
„Weißt du, ich kenne noch einige Leute in Barcelona. Die würden uns bestimmt ab und an überwintern lassen."
Dann meldete sich neben der Glücksseligkeit ein weiteres Gefühl in mir – der Ärger über mein verdrängtes Versprechen.
Ich dachte zurück an die langen Abende in Spanien mit meinem Bauch voller Tapas, meinem Kopf voller Wein und dem Herzen voller Sonne.
Durch unsere große Schiebetür traten wir raus in den Garten, und ich sah Monika förmlich an, wie sie diesen plante.
Sie wusste nach dem ersten Blick, welche Blumen und exotischen Pflanzen sie wo anpflanzen wollte, an welcher Stelle die Gartenganitur besonders gut aussehen würde und wo unser Strandkorb am besten reinpasste.
Selbst die Hecken, um mehr Ruhe vor unseren Nachbarn zu haben, hatte sie in ihrem Kopf schon vollständig durchgeplant.
Da war Monika in ihrem Element – sie brauchte nur einen Grundriss vor sich und hatte direkt eine Vision. Ich erwischte mich selbst bei einem kleinen Anflug von Neid, und wünschte, ich wäre auch so kreativ.
Aber ich verscheuchte ihn schnell, denn ich war

mehr als stolz auf sie, dass sie den Schritt zur selbstständigen Raumdesignerin wagte.
Während sie noch vor sich hinmurmelte und ihre Pläne und Vorstellungen im Kopf durchging, begab ich mich in eine abgelegene Ecke. Ich rief in ihre Richtung:
„Sag mal, du kleine Gartenexpertin, würden Apfelbäume hier gut wachsen – und noch wichtiger: auch gut aussehen?"
„Apfelbäume?"
Sie guckte etwas verdutzt.
„Ja, ja natürlich. Warum bin ich da nicht selbst draufgekommen? Ein Apfelbaum im Garten ist Magie. Genau die Art von Magie, die mir in meiner Vision noch gefehlt hat!"
Ihr Gesicht füllte sich mit purer Begeisterung.
„Ok, warte kurz hier, ja?"
Mit diesen Worten machte ich mich schnellen Schrittes auf den Weg zu meinem Cabrio. Ich öffnete den kleinen Kofferraum und holte zwei Jungbäume heraus. Die Schaufel klemmte ich mir unter den Arm.
Dann versuchte ich, alles zurück in den Garten zu balancieren – ohne wie ein kompletter Vollidiot auszusehen.

***

Wie war Gabriel bloß auf Apfelbäume gekommen? Er hatte schon immer ein Auge fürs Detail, aber als

einen Gartenmensch hatte ich ihn so gar nicht eingeschätzt.
Ich wartete etwas ungeduldig darauf, dass er zurückkam.
Er hatte sich so schnell aus dem Staub gemacht, dass ich schon Angst hatte, er hätte kalte Füße bekommen.
„Weißt du, ich bin froh, dass wir einer Meinung sind – ich meine, was die Apfelbäume angeht."
Mit vollen Händen und leicht stolpernd kam er zurückgelaufen.
„Ansonsten würde ich jetzt ganz schön bescheuert aussehen, oder?"
Bei diesem Satz fiel ihm die Schaufel runter und er begann laut zu lachen.
Hatte dieser Mann da gerade wirklich zwei kleine Apfelbäume und eine Schaufel geholt, während wir noch nicht mal ein Bett im Schlafzimmer stehen hatten?
Wie ich schon sagte: Er war ein Mensch mit Auge fürs Detail.
Ich hob die Schaufel für ihn auf und begleitete ihn in die Ecke des Gartens, wo er direkt anfing, zwei kleine Löcher auszugraben. Nachdem er fertig war, nahm er meine Hand.
„Ich war noch nie ein Mensch für viele Traditionen. Aber in meinem Zuhause gab es immer Apfelbäume. Und als ich ein Kind war, habe ich meine Mutter oft dabei beobachtet, wie sie den ganzen Tag aus dem Fenster sah und diese

anschaute.
Ich weiß nicht genau, warum – aber sie bedeuten für mich Familie.
Und das sind wir – du bist meine Familie."
Bei diesen Worten hielt er meine Hand ein wenig fester, fast so, als hätte er Angst, dass ich ihm entgleiten könnte.
„Lass uns die beiden einpflanzen."
Ich kniete mich neben die Löcher, nur um dann mit leiser Stimme zu ergänzen:
„Und irgendwann pflanzen wir gemeinsam einen dritten."

***

Wir redeten nicht mehr – wir standen einfach nur da und blickten auf unser neues Zuhause.
Wir hatten noch nichts. Nur die Einbauküche mit Plastikbechern und unsere Matratze im Schlafzimmer. Monika hatte alles geplant, ich nur einige wenige Dinge zur Deko mitgebracht – darunter mein saudischer Aschenbecher und andere Mitbringsel.
Unser Haus war grandios – es war das Gegenteil meines Elternhauses.
Statt schwarzer Türen hatten wir weiße.
Die Wände waren weiß und würden bald mit Kunst geschmückt sein.
Es gab keinen grauen Teppich und keine

orangenen Fliesen. Stattdessen hatten wir uns für hellbraunes Parkett entschieden.
Auch in der Doppelhaushälfte nebenan liefen die Renovierungsarbeiten auf Hochtouren. Doch obwohl dort noch nichts fertig war, hatten wir es uns nicht nehmen lassen, die Schilder schon anzubringen:
„Monika von Lenzburg – Raumdesignerin“ und
„Rechtsanwaltskanzlei von Lenzburg“
Nun war es offiziell: Wir zogen nicht nur um – wir starteten ein neues Kapitel.
Vom Paar zur Familie.
Vom Angestelltenleben in die Selbstständigkeit.
Und hier, am Rande von Hamburg, sollte alles seinen Anfang nehmen.
Monika erfüllte sich einen lang ersehnten Traum.
Und ich hoffte, meinen Schatten, der mich täglich ins Büro begleitet hatte, endlich abzuhängen.

„Das Jahr 1999“

Der letzte Atemzug eines Jahrhunderts. Der Euro wird geboren, während Europa den Atem anhält. Die NATO greift im Kosovo ein, und Jelzin übergibt an Putin.
Das Internet wächst – ebenso wie die Sorge um den Millennium-Bug.
Die Spendenaffäre der CDU schreibt Schlagzeilen, und Nordirland versucht währenddessen Frieden zu finden.
Star Wars Episode I kommt in die Kinos und begeistert die Massen.
Und alle fragen sich:
Was erwartet uns, wenn die Uhren Mitternacht schlagen – und ein neues Jahrtausend beginnt?

„Zwischen Selbstständigkeit und Erwartungen“

Monika & Gabriel

Ich stand im neuen Zuhause meines Kunden, Notizen, Grundrisse und Einkaufsliste ragten weit über den Rand meiner Handtasche.
Nur noch die Feinschliffe, dann wäre auch die letzte Arbeit hier getan.
Immer wenn ich einen neuen Auftrag erhielt, bereute ich es ein wenig, so viele Jahre meines Lebens als Sekretärin verschwendet zu haben.
Ich machte zwar noch nicht das große Geld, aber mein Geschäft nahm Fahrt auf. Mein Kundenstamm bestand aus typischen Hausfrauen, Patchwork-Familien und Junggesellen mit zu hohem Einkommen.
Und nach und nach gewöhnte ich mich auch an den Luxus mir meine Wochen genauso einzuteilen, wie ich es wollte – und nicht so, wie es einem Geschäftsführer am besten passte.
Während meine Selbstständigkeit gerade erst loskrabbelte, war Gabriel mit seiner Kanzlei schon dabei, fliegen zu lernen.
Anscheinend hatten alle unsere Nachbarn nur auf einen Anwalt mit echter Konzernerfahrung gewartet – der nun endlich die Verbraucher vertritt.
Auf dem Weg nach Hause schlenderte ich an unserer Lieblingspizzeria vorbei, und ich entschloss mich kurzerhand, eine große Pizza Quattro Stagioni

und eine Flasche Rotwein mitzunehmen.
Mit der Essenslieferung in der Hand und meiner guten Laune im Gepäck betrat ich Gabriels Kanzlei.
Sie war etwas dunkler und pragmatischer eingerichtet als unsere Wohnung nebenan.
Die Möblierung waren geprägt durch dunkles Holz und schwarze Regale, aber die Fotos an den Wänden hauchten allem hier ein wenig Leben ein.
„Schatz, ich wollte eigentlich nur Hallo sagen – und dir ganz nebenbei zeigen, was für eine große Pizza ich zum Abendessen besorgt habe.
Ach, eine Flasche Rotwein ist auch dabei. Kommst du rüber?"
Ich schenkte ihm ein Lächeln.
Dieses „Kommst du rüber?" war so etwas wie unser abendliches Ritual geworden.
Einer von uns saß immer zu lange spätabends vorm PC und arbeitete den Tag ab – und mit diesen kleinen Worten erinnerten wir uns gegenseitig daran, dass die Welt mehr war als der Beruf.
Aber heute zog Gabriel nur an seiner Zigarette, sein Blick gefangen zwischen dem Fenster und dem Aktenstapel, und reagierte nicht – fast so, als hätte er mich nicht gehört.
Ich stellte die Pizza auf dem Tisch ab und trat neben seinen großen Ledersessel.
„Ist alles ok bei dir? Schwieriger Fall oder nerviger Kunde?"

„Nein, ach, das ist es nicht. Meine Eltern haben angerufen und uns für dieses Wochenende zum Essen eingeladen. Du weißt doch, mein Vater hatte am Montag Geburtstag.“

Er schüttelte nur leicht merklich den Kopf.

„Aber wo ist das Problem? Ich würde mich freuen, die beiden mal wieder zu sehen nach so langer Zeit. Sie sind zwar nicht ganz einfach, aber wir haben doch auch große Neuigkeiten zu berichten – also eigentlich ein perfektes Timing!“

Ich versuchte ihn mit meinem schwachen Lächeln anzustecken, was mir aber nicht gelang.

„Du hast recht. Sorry. Ich habe nur so viel zu tun, und für die beiden jetzt meine ganze Arbeit liegen zu lassen – das nervt.

Gerade die müssten doch wissen, wie viel Arbeit ich auf dem Schreibtisch habe.

Aber vermutlich denken sie immer noch, meine Selbstständigkeit wäre nur ein weiteres kleines Hobby von mir.“

Obwohl er noch immer den Kopf schüttelte, stand er auf, schnappte sich die Pizza und brachte sie in die kleine Kanzleiküche.

Dann prosteten wir auf unsere eigene kleine Familie. Mit einem Glas Rotwein und dem anderen gefüllt mit Traubensaft.

***

Die alte schwarze Tür starrte mich an, während alles um mich herum genauso aussah, wie die letzten 36 Jahre auch – nur vielleicht ein wenig dreckiger, abgenutzter und mehr in die Jahre gekommen.
Irgendetwas in mir weigerte sich partout, die Klingel zu betätigen.
Vielleicht waren es die vier Stunden Autofahrt. Oder der Umstand, dass ich meinen Eltern eigentlich gar nichts von unseren Neuigkeiten erzählen wollte.
Vielleicht war es die Angst, dass sie alles kaputt machen würden – so wie sie es immer taten.
Während all diese Gedanken durch meinen Kopf schwirrten und sich nur schwer ordnen ließen, spürte ich, wie mein Schatten mir die Hand auf die Schulter legte.
So als würde er sagen wollen:
„Endlich sind wir wieder vereint – hier ist unser gemeinsamer Ursprungsort."
Das Läuten der Klingel, die Monika gedrückt hatte, während sie mich unverständlich ansah, holte mich in die Realität zurück.
Meine Mutter, geschmückt mit zu großen Ringen und Perlenketten, öffnete uns die Tür und erinnerte mich dabei an einen zu kleinen Weihnachtsbaum.
In ihrer gewohnt zu hohen Tonlage schrillte sie:
„Hallo Zusammen! Ach Monikalein, ich habe dich

ja schon Ewigkeiten nicht mehr gesehen. Ich freue mich so sehr."
Sie gab meiner Frau eine kurze Umarmung und wandte sich anschließend in meine Richtung: „Hallo Gabriel, lange ist es her. Du hättest zumindest zwischendurch mal anrufen können."
Mein Vater, der schon auf seinem Platz am dunklen Esstisch saß – unter der Lampe, die seit zwölf Jahren kaputt war – stand kurz auf, um Monika mit einem Küsschen links und rechts zu begrüßen. Ganz wie in alten Zeiten.
Doch bei ihm wirkte es nicht wie bei einem alten Gentlemen, einem George Clooney oder Robert De Niro aus den Filmen von früher – bei ihm wirkte es einfach nur aus der Zeit gefallen.
„Alles Gute nachträglich nochmal, Pa.
Monika hat Tiramisu fürs Dessert mitgebracht, und ich habe eine gute Flasche Whiskey besorgt."
Ich wollte seine Hand schütteln, aber er winkte ab.
„Setzt euch doch. Danke für die Wünsche – aber die sind jetzt, nach fast einer Woche, auch nicht mehr nötig.
Ihr hättet schon am Montag zum richtigen Geburtstagsdinner hier sein können. Aber das war euch ja, wie immer, zu umständlich."
Obwohl seine Worte zum Hinsetzen einluden, sagte sein Blick, wir hätten besser gar nicht herkommen sollen.
Monika, die meine Eltern noch immer als schrullig, aber freundlich abgespeichert hatte, ließ sich davon

wenig beeindrucken und setzte sich.
In ihrer gewohnt guten Laune sagte sie:
„Ach Karl-Heinz, warte nur ab, bist du mein Tiramisu probiert hast.
Danach bist du bestimmt froh, dass wir erst heute hier sind – dann musst du es nicht mit so vielen Leuten teilen!"
Sie setzte ihr professionell gekünsteltes Lächeln auf, das sie durch ihren früheren Beruf so meisterhaft beherrschte, und wartete auf eine Antwort.
Just in diesem Moment kam auch schon meine Mutter mit einer großen Servierplatte aus der Küche gelaufen.
„Monika-Schätzchen, könntest du mir bitte kurz mit dem Essen helfen?
Dann können die Männer sich schon mal setzen und durchatmen."
Meine Frau sah mich an, als hätte meine Mutter gerade chinesisch mit ihr gesprochen – oder sie direkt via Zeitmaschine in die 60er katapultiert.
Doch ohne mit der Wimper zu zucken, setzte sie ihr Blondchen-Lächeln wieder auf und antwortete:
„Ingrid, aber natürlich. Ich wäre sowieso gleich zu dir in die Küche gekommen – ich musste nur kurz das Tiramisu abstellen."
Mit einer eleganten Halbdrehung marschierte sie los.
Ich setzte mich meinem Vater gegenüber und staunte kurz darüber, wie souverän Monika mit meinen Eltern umging.

Während ich schon den ersten Stress-Schweiß auf meiner Stirn spürte, wirkte der ganze Abend für sie einfach wie ein großes Theaterstück. Sie hatte die Hauptrolle ergattert – und spielte sie mit all ihrem Herzblut.

„So, erzählt doch mal: Wie geht es euch? Und Gabriel – wie läuft die Kanzlei?“

Meine Mutter schien für einen kurzen Moment echtes Interesse zu haben, was mich wunderte.

„Uns geht es großartig. Das Haus ist ein echtes Zuhause geworden. Ihr solltet uns unbedingt mal besuchen – wir wohnen ja nun auch schon einige Zeit dort.“

Ich konnte mir diese kleine Bemerkung einfach nicht verkneifen, obwohl ich es besser wusste.

Um sie nicht zu lange im Raum stehen zu lassen, setzte ich schnell fort:

„Ich habe mir einen guten Kundenstamm aufgebaut – ihr würdet gar nicht glauben, wie viele Menschen wegen Kleinigkeiten mit ihrem Arbeitgeber vor Gericht ziehen.“

Naja, was soll ich sagen: Je mehr Idioten, desto besser für mich.

Außerdem hat Monika sich ebenfalls einen super Ruf erarbeitet. In unserer Nähe wird ein Neubaugebiet eröffnet, und sie hat schon eine Warteliste für all die Interessenten, die dort einziehen wollen.

Alles in allem läuft es klasse!“

Zum Abschluss lächelte ich kurz – ich hatte das

Gefühl, meine Eltern so eher davon zu überzeugen, dass ich ihnen gerade die Wahrheit erzählte.
Obwohl keines meiner Worte gelogen war.
Mein Vater, der noch dabei war, den Rest seines Würstchens zu kauen, hob die Hand.
Das war sein Standard-Zeichen, dass er auch etwas sagen wollte – ohne dabei die Tischmanieren zu verletzen.
Nach ein paar Sekunden, in denen er sich sehr stark aufs Kauen konzentrieren musste, sagte er in einem unbeeindruckten Ton:
„Wirklich? Das sind ja großartige Neuigkeiten. Vielleicht ist jetzt der Zeitpunkt gekommen, über eine Sekretärin oder Empfangsdame nachzudenken?“
Daraufhin nickte meine Mutter begeistert:
„Das wäre doch super! Und soweit ich weiß, hat Monika doch reichlich Erfahrung in dem Bereich. So hat jeder seine Talente – nicht wahr?“
Sie beide schoben sich noch mehr Kartoffelsalat in den Mund und warteten darauf, dass einer von uns antworten würde.
Als keiner von uns einen Ton von sich gab, setzte meine Mutter erneut an – dieses Mal allerdings nicht an mich gerichtet:
„Monika-Schätzchen, so müsstest du dich auch nicht mehr so sehr mit der Selbstständigkeit beschäftigen – du übernimmst dich ja vollkommen. Und nur so nebenbei: Enkelkinder wären auch so langsam an der Zeit.

Mal so unter uns Frauen – du wirst ja auch nicht mehr jünger."

Mein Blick schweifte von meinem Vater – der, zustimmend nickte, aber noch immer reichlich Kartoffelsalat in sich reinschaufelte – zu meiner Mutter, die Monika mit Augen voller Erwartungen fixierte, als könnte sie meine Frau durch reinen Augenkontakt schwängern.

Dann zu Monika, die mich mit einem perplexen Versuch von Lächeln ansah.

In diesem Moment nahm sie meine Hand, drückte sie für eine Sekunde ein wenig zu fest, atmete tief ein und begann zu sprechen:

„Ihr Lieben, wir wollten die Neuigkeiten eigentlich nicht direkt am Anfang des Abends preisgeben… aber mir scheint, jetzt ist der richtige Zeitpunkt: Wir sind schwanger – im dritten Monat!"

Ihr perplexes Lächeln wich einem strahlenden, und für einen ganz kurzen Moment schaffte sie es tatsächlich, die Dunkelheit des Hauses zu überstrahlen.

„Schwanger? Das hätte ich doch direkt erkennen müssen!

Und ich hatte mir schon vorgenommen, dich nach dem Essen zu fragen, ob du vielleicht ein paar Diättipps haben möchtest. Du weißt ja, ich lese so gern meine Zeitschriften – und die haben eine ganze Menge davon."

Meine Mutter lächelte dabei, als hätte sie gerade ernsthafte Hilfe angeboten – und keine subtile

Beleidigung ausgesprochen.
„Jetzt reiß dich bitte mal zusammen, Mama!
Meine Frau – die im dritten Monat schwanger ist, ist der einzige Grund, weshalb ihr diese Neuigkeiten überhaupt erfahrt.
Und du? Schaffst es nicht mal Glückwünsche auszusprechen?
Lass mich raten: Du hättest Monika ansonsten einige deiner beschissenen Klatsch-Zeitschriften mit Abnehmtricks heimlich in die Handtasche gesteckt, bevor wir gehen, richtig?
Ich wollte gar nicht so laut sein – und auch nicht so böse.
Aber fast war es, als wäre die zerstörerische Art meiner Eltern auf mich übergegangen.
Bevor ich mich entschuldigen konnte, stand mein Vater schon vor mir und schrie:
„So redest du nicht mit uns! Weder mit mir noch mit deiner Mutter.
Verdammt nochmal – deine ganze Karriere, deine Selbstständigkeit und dein Haus:
Alles hast du nur wegen uns!
Weil wir dir alles ermöglicht haben – das französische Abitur, die Auslandsstationen, dein Referendariat.
Alles durch gute Kontakte, einen guten Namen – und Geld.
Und jetzt stehst du hier und bist noch immer der gleiche verwöhnte rotzfreche Bengel!"
Ich wusste schon, was jetzt folgen würde – die

Türen würden knallen, mein Vater würde verschwinden und vermutlich anschließend im dunklen Keller sitzen.
Die Nase meiner Mutter kräuselte sich wieder und ohne uns anzuschauen, sagte sie nur:
„Ich glaube, es wäre gut, wenn ihr jetzt geht.
Ach, und Monika – nächstes Mal, wenn ihr zu Besuch kommt, sei doch so gut und bügele die Kleidung etwas besser.
Diese ganzen Knitter haben mich den ganzen Abend schon abgelenkt."

„Das Jahr 2003"

U.S.-Soldaten stürmen den Irak, während sich die Welt erstmals über Facebook vernetzt.
Digitale Musik wird real – dank Apple und dem neuen iTunes-Store. Und doch hat man in Deutschland gerade erst gelernt, mit dem Euro zu bezahlen.
9/11 ist zwei Jahre her, und langsam beginnt der Westen, sich von der Rezession zu erholen.
Deutschland richtet die FIFA-Weltmeisterschaft der Frauen aus – und holt den Titel. Aber niemand redet darüber.
Stattdessen spricht man über Big Brother, über Popstars und die neuesten Skandale in der Reality-TV-Welt.
Zeitgleich steht Jugoslawien in Den Haag – auf der Anklagebank der Geschichte.

„Mein Lieblingsplatz: der Aktenschrank“

Emilia, Monika & Gabriel

Ich war müde. So müde, wie nur eine Mutter es sein kann – auf eine Art, die sich nie ganz ausschlafen ließ.
Obwohl ich mich gern nur um meine kleine Emilia gekümmert hätte, stapelten sich weiterhin die Aufträge – mein kleines Geschäft hatte den Durchbruch geschafft.
Eine eigene Sekretärin und eine weitere Raumdesignerin hatte ich bereits vor dem Mutterwerden eingestellt, jetzt suchte ich schon nach einer zweiten.
Doch heute würden meine bisherigen Angestellten das Büro allein schmeißen, während ich die Herbstsonne genoss und Emilia beobachtete, wie sie durch das zusammengekehrte Laub tobte.
Bei jedem kleinen Sprung oder lautem „Juhu!“ machte mein Mamaherz einen kleinen Hüpfer. Mit diesem Gefühl im Bauch fiel mein Blick auf die Apfelbäume im Garten, die auch so langsam ihre Blätter verloren, und ich dachte zurück an den Tag, an dem wir den dritten gepflanzt hatten.
Gabriel hatte vor Aufregung so gezittert, dass ich ihm am liebsten den Spaten weggenommen und selbst gegraben hätte.
Und so aufgeregt, wie er damals gewesen war, war

er auch heute noch im Umgang mit unserem kleinen Wurm.

Sie war mittlerweile vier Jahre alt und ging vormittags in die Kita.

Nur einmal die Woche – jeden Mittwoch – durfte sie zu Hause bleiben. Das war unser Mama-Tochter-Tag. Ganz ohne Nanny Sandra, ohne ihren Papa, ohne irgendwen.

Und so machten wir an diesem einen Tag immer das, worauf wir gerade am meisten Lust hatten.

Und ganz nach dem Motto von Pippi Langstrumpf machten wir uns die Welt – so, wie sie uns gefällt.

Lediglich das gemeinsame Mittagessen mit Gabriel durfte diese Zeit unterbrechen.

Das war unsere Tradition – nicht wie die Apfelbäume seine, sondern eine, die wir uns gemeinsam überlegt hatten.

Sie holte uns aus der Arbeit heraus und ließ uns nach der ersten Tageshälfte immer wieder sehen, was im Leben wirklich zählte.

Manchmal fragte ich mich, wie Gabriel das alles so schaffen konnte.

Denn während ich noch die Tücken des Mamaseins jeden Tag aufs Neue lernte, schien es oft so, als wäre er der geborene Papa.

Er baute Türme aus Bauklötzen, die fast bis zur Decke reichten,

ließ Emilia in seiner Kanzlei spielen und zeigte ihr das neue Lieblingsversteckt:

seinen Aktenschrank.

Und generell wollte sie alles tun, was ihr Papa tat.
Morgens setzte sie sich gemeinsam mit ihm an den Küchentisch und klappte eine Seite der Zeitung auf.
Manchmal fand ich die beiden auch an seinem Schreibtisch – beide zurückgelehnt, mit den Füßen auf dem Tisch.
Die beiden waren ein Herz und eine Seele, und Emilia eben ein richtiges Papa-Kind.

***

Der kleine Wurm saß schon wieder in meinem glänzenden Aktenschrank und rief, wie immer viel zu laut und aufgedreht:
„Papa, Papa!"
Und strahlte mich mit ihrem kleinen Gesicht über beide Ohren an.
Ich konnte mir nichts Schöneres vorstellen, als mich durch Emilia von meiner Arbeit ablenken zu lassen.
Sie war irgendwas zwischen kleinem Sonnenschein und Wirbelwind. Und mit all ihrer Faszination erhellte sie jeden meiner Tage.
Vielleicht würde sie irgendwann Architektin werden, mit ihrem Geschick beim Turmbauen mit Bauklötzen. Oder Journalistin – so, wie sie schon jetzt jeden Tag die Zeitung gekonnt durchblätterte.
Vielleicht auch Restaurantkritikerin – so krüsch und ehrlich, wie sie war, würde sie die härtesten

Bewertungen schreiben.
Nur eines wünschte ich mir: dass sie keine Juristin werden würde.
Doch in manchen Momenten verschwand ihr Strahlen und verwandelte sich in Angst – wenn sie mal wieder nachts nach einem Alptraum in unser Bett geflüchtet kam. Oder wenn das Nachtlicht doch mal ausgeht und die Dunkelheit hervortrat.
Ich war jedoch ein Problemlöser, das war ich schon immer – und wenn nötig, dann auch in sieben Sprachen.
Ich wusste genau, wie man mit den schlechteren Karten gewinnen konnte, kannte Verträge, Paragrafen und Verhandlungen.
Aber wie ich meiner Tochter erklären sollte, dass ich mal wieder beim Mittagessen fehlen würde, weil ich einen Gerichtstermin hatte – das wusste ich nicht.
Aus all diesen Gedanken holte mich Emilia mit einem erneuten „PAPA!“ zurück.
Ich blickte zu ihr rüber und sah all meine Akten auf dem dunklen Holzboden verteilt.
„Würmchen, was hast du denn hier gemacht? Wolltest du etwa aufräumen und gucken, welche Akten ich wirklich noch brauche?“
Sie nickte stolz als Antwort. Ich nahm sie auf den Arm und verließ die Kanzlei.
Aufräumen konnte ich morgen. Jetzt war es Zeit, nach Hause zu kommen.

Ich klingelte an der Bürotür von Monika und fragte leise:
„Kommst du rüber?“
Und so gingen wir gemeinsam in die andere Hälfte des Hauses. Die Hälfte, die Zuhause bedeutete.
Als die Lichter aus waren, meine Familie schlief und sich die Ruhe über uns legte – wurde ich geweckt.
Mein Schatten holte mich ab, zu unserem nächtlichen Ritual.
Wir setzten uns gemeinsam auf mein zu teures Sofa und blickten auf die alten Fotografien, viele davon hatte ich aus dem Ausland mitgebracht.
Er schenkte mir ein Glas Wein ein, und wir rauchten gemeinsam eine Zigarette.
Zusammen sprachen wir über mein Leben – und auf einmal fühlte ich mich wie im falschen Film.
Der Hauptdarsteller war ich, aber ich hatte meinen Text vergessen.
An seltenen Tagen wurde hier die Nacht zum Morgengrauen.
Das Glas zur Flasche.
Und ich zu meinem eigenen Schatten.

„Das Jahr 2005“

Google geht an die Börse und beweist, dass das Internet nie nur eine Spielerei war.
Der Hurrikan „Katrina“ zerstört New Orleans – und Menschen beginnen sich zu fragen: Was passiert, wenn sich die Natur gegen den Menschen stellt?
Ein Zug der Londoner U-Bahn wird Ziel eines Terroranschlags, und der Irak-Krieg fordert weiterhin Menschenleben.
Währenddessen wird YouTube gegründet, und Angela Merkel die erste deutsche Bundeskanzlerin.
Alles steht im Zeichen des Wandels – und läutet das digitale Zeitalter ein.

„Die Lieblingsfarbe bunt“

Emilia, Monika & Gabriel

Wir waren auf dem Weg zur Schule. Normalerweise bog ich auf halber Strecke rechts ab – mit Sandra an meiner Hand – um zum Kindergarten zu kommen.
Aber das war jetzt vorbei.
Ich war plötzlich ein Schulkind!
Meine Mama hatte extra ein neues Kleid für mich gekauft – es war so bunt wie mein neuer Schulranzen, den ich heute das erste Mal auf dem Rücken trug.
Den ganzen Weg über hielt mein Papa meine Schultüte. Sie war noch ein bisschen zu schwer für mich.
Ich war ein wenig nervös, aber so eine Einschulung ist auch etwas ganz Besonders – zumindest sagten das Mama, Papa und meine Nanny Sandra immer wieder.
Als wir die große Grundschule erreichten, nahm mein Papa mich an die Hand. Ganz leise flüsterte er mir ins Ohr:
„Emilia, mein kleiner Wurm. Eine große Erstklässlerin wie du muss von niemandem die Hand halten. Du schaffst das ganz allein.
Aber meine ist immer da, wenn du sie brauchst!“
Nachdem viele Fotos gemacht wurden, wir alle auf einer großen Bühne standen und viele Erwachsene sehr viel erzählt hatten, war ich müde. So müde,

dass ich fast im Auto eingeschlafen wäre.
Zum Glück hatte Mama mich geweckt – sonst hätte ich ja meine große Fete verpasst.
Wir gingen in ein Restaurant, in dem wir oft waren.
Aber heute war es ganz anders.
Es war laut, überall hingen bunte Girlanden, und egal wohin ich sah: Konfetti auf dem Boden.
Ich lief ganz schnell zu meinem Papa, weil ich ihm unbedingt etwas erzählen musste.
„Papa, ich glaube, ich habe heute schon etwas gelernt!"
Mit einem Lächeln drehte er sich zu mir, ging in die Hocke – damit ich ihn nicht so weit von unten ansehen musste. Das machte Papa schon immer so.
„Oh wirklich? Verrätst du mir auch was? Ich kann bestimmt auch noch viel Neues lernen."
„Ich glaube, ich habe heute gelernt, dass meine Lieblingsfarbe bunt ist!"
Ich lachte – und mein Papa lachte mit.
„Emilia, weißt du was?
Das ist eine hervorragende Lieblingsfarbe. Und willst du noch etwas wissen?"
Ich nickte, natürlich wollte ich mehr wissen, besonders wenn Papa mich das fragte.
„Ich habe heute auch was Neues gelernt!
Ich dachte immer, ich müsste mich für eine Farbe entscheiden – und habe ganz vergessen, dass bunt ja auch eine Farbe ist."
Er nahm mich in den Arm – und ich freute mich, dass ich Papa auch mal etwas beibringen konnte.

In diesem Moment kam Mama zu uns, aber sie sah nicht mehr so glücklich aus wie noch im Auto.
In einer Stimme, die ich noch nie von ihr gehört hatte, sagte sie zu meinem Papa:
„Gabriel… sie sind hier."
Mein Papa antwortete nicht – aber auf einmal war alles anders. Er stand auf, ging mit Mama davon.
Und irgendwie fühlte sich alles plötzlich weniger bunt an.

***

Warum hatte ich sie bloß eingeladen?
Mit dieser Frage musste ich mir eingestehen, dass alles hier mein Fehler war. Dabei dachte ich nur: Gute Miene zum bösen Spiel – sie werden schon nicht aufkreuzen.
Ich dachte, sie würden diese Einladung ignorieren wie alle anderen: die Einweihungsparty, die Geburtstage, Emilias Geburt. Nie waren sie gekommen.
Und ausgerechnet heute, ausgerechnet jetzt, hatten sie sich entschieden, ihr Muster zu brechen.
Warum war die verdammte Einladung nicht in der Post verloren gegangen? Warum konnten die beiden nicht einfach mit einer Grippe im Bett liegen?
Doch all meine Gedanken halfen nichts mehr. Jetzt standen sie da:
Karl-Heinz und Ingrid – auf der Einschulungsfeier

meiner Tochter. Ihrer Enkelin, die sie noch nie gesehen hatten.
Ingrid trug ein schickes Sommerkleid. Ich hätte ihr beinahe ein Kompliment gemacht – wäre da nicht dieser umgehängte Nerz gewesen. Leider war er nicht groß genug, um die auffällige Perlenkette zu verdecken, die seit mindestens fünfzehn Jahren nicht mehr modern war.
Karl-Heinz hingegen war schlicht gekleidet. Viel zu schlicht. Ein dunkelblauer Anzug mit hellblauer Krawatte – zwischen all unseren Gästen wirkte er wie ein Papagei zwischen Spatzen.
Vermutlich war Ingrid auch dafür verantwortlich. Soweit ich wusste, hatte sie ihm die letzten dreißig Jahre die Kleidung rausgelegt.
Die beiden wirkten so fehl am Platz, als hätten wir auf der Einladung „Abendgarderobe“ oder „Cocktailempfang“ geschrieben – statt „casual chic“.
„Gabriel, Monika – Guten Tag.“
Karl-Heinz erhob weder seinen Blick noch seine Hand.
„Ach Karl-Heinz, nun hab dich doch nicht so. Guten Tag zusammen!
Wir haben uns ja alle ewig nicht gesehen. Wo ist denn nun die kleine Emilie?“
„Emilia, Mama. Ihr Name ist Emilia.
Und tu bitte nicht so, als wüsstest du das nicht.“
Gabriel zog eine Augenbraue hoch. Er wirkte angespannt. Zu Recht.

„Ach natürlich weiß ich, wie mein einziges Enkelkind heißt. Ich finde Emilie einfach schöner. Etwas moderner.
Vielleicht könnt ihr das nochmal ändern lassen?"
Sie blickte sich nervös im Raum um – in der Hoffnung, endlich ihre Enkelin zu entdecken.
„Ingrid, hier wird kein Name mehr geändert. Und anstatt dir darüber Gedanken zu machen, solltest du sie vielleicht erstmal kennenlernen – nach sechs Jahren."
Ich versuchte freundlich zu klingen. Es gelang mir nicht.
Emilia stand bei Sandra, die vergeblich versuchte, sie wieder zum Lachen zu bringen.
„Emilia, mein Schatz – wir haben heute zwei ganz besondere Gäste. Sie sind extra für dich ganz weit gefahren."
Ich zwang mich zu einem möglichst breiten Lächeln und blickte hoffnungsvoll zu meiner Tochter.
„Mama? Warum trägt die Frau ein totes Tier um den Hals?"
Mein kleiner Wurm wirkte verängstigt – aber die Situation war so absurd, dass Gabriel und ich uns ein Lachen kaum verkneifen konnten.
„Junges Fräulein – das ist kein totes Tier. Das ist feinster Pelz.
Und ich bin übrigens deine Großmama Ingrid. Das hier ist dein Großvater Karl-Heinz."

Ich fragte mich, wie Ingrid das schaffte. Wie kann man nur mit so wenig Taktgefühl durchs Leben stolzieren – und dabei die Nase noch so hochtragen?
Doch anstatt auch nur einen Funken Scham zu zeigen, begann sie, meine sechsjährige Tochter über Pelze aufzuklären.
Emilia – jetzt mehr verwirrt als ängstlich – antwortete trocken:
„Aha. Ich habe aber schon eine tolle Oma. Sie heißt Oma Anne.
Und mein Opa ist leider im Himmel – aber der hieß nicht Karl, sondern Rüdiger."
Sie schaute mich mit ihrem trotzigen Blick an – als wollte sie ohne Worte sagen: Was macht die alte Bekloppte hier?
Und ich hätte es selbst nicht besser ausdrücken können.
„Naja, wir sind eben auch deine Großeltern."
Und mit diesem Satz kam sie wieder: die berüchtigte gerunzelte Nase von Ingrid, die ich in den letzten sechs Jahren nicht vermisst hatte.
„So, Mama, Papa – wir holen euch jetzt mal ein Glas Sekt. Die nette Kellnerin da drüben hat bestimmt noch ein paar übrig."
Gabriel versuchte, sie höflich in eine andere Richtung zu lenken. Und tatsächlich – wenn auch unter Protest – ließen sie sich auf ein Glas Sekt ein.
Nachdem die Feier vorbei war, Emilia schlafend auf Gabriels Schoß lag und wir alle zu viel gegessen

hatten, kam Ingrid noch einmal auf mich zu.
„Meine liebe Monika – eine süße kleine Tochter habt ihr da. Die Manieren muss sie noch lernen, aber ich habe auch nichts anderes erwartet.
Was ich dir eigentlich sagen wollte: Sie hat ja so lange Wimpern. Die solltest du ihr regelmäßig formen, damit sie später mal eine schöne junge Dame wird.
Ich stehe dir bei solchen Dingen gern zur Verfügung. Emilia ist ja auch so etwas wie die Tochter, die ich selbst nie hatte."
Mit diesem Satz ließ sie mich im Staunen zurück, schnappte sich Karl-Heinz – und stolzierte zurück zu ihrem Wagen.
Und ich fragte mich, wie sie es schaffte, bei ihrem Abschied noch stolzer zu wirken als bei der Ankunft.

„Das Jahr 2007"

Apple verkauft das erste iPhone, und in Deutschland findet der G8-Gipfel statt. Zwischen dem UN-Weltklimabericht und der Finanzkrise versuchen die Menschen, ihre Balance nicht zu verlieren.
Der Vertrag von Lissabon wird unterschrieben, während die Erdölpreise einen neuen Höchststand erreichen.
In Peru sterben durch ein Erdbeben über 500 Menschen, und Thomas Reiter kehrt aus dem All zurück.
Gordon Brown wird britischer Premierminister, Benazir Bhutto durch ein Attentat getötet.
Und irgendwo zwischen Selfies und Facebook – sind wir alle mittendrin.

„Die ungeöffnete Post“

Emilia, Monika & Gabriel

Ich saß in meinem verrauchten Büro. Die einst so strahlend weißen Wände hatten sich mittlerweile durch all das Nikotin gelblich verfärbt.
Ich zählte leise in meinem Kopf vor mich hin und versuchte mich daran zu erinnern, wie viele Kunden noch auf eine Antwort warteten.
Die Aktenberge vor mir stapelten sich immer höher, die Erinnerungen per Mail, Post und Telefon wurden häufiger, und der Briefkasten quoll vor Zahlungserinnerungen fast über.
Irgendwo hatte ich mich verlaufen. Eine falsche Abzweigung genommen – eine, die mich hierhergeführt hatte, dorthin, wo ich nie enden wollte.
Jedes Mal, wenn ich aus dem Fenster auf die Apfelbäume schaute, erinnerte ich mich leise und heimlich an mein altes Versprechen an mich selbst.
Doch das Kapitel Barcelona und mein damaliges Glücks-Ich waren mittlerweile so weit von mir entfernt, dass es sich anfühlte wie ein vergangenes Leben.
Im Gegenzug war mein Schatten jetzt mein ständiger Begleiter.
Morgens hielt er mich im Bett, beim Mittagessen stumm,
und während ich vor meinem Schreibtisch saß, stand er hinter mir und fragte:

„Was, wenn du wieder verlierst? Du hast es schließlich schon einmal versaut und das Leben dieser Familie zerstört."
Nach Feierabend rauchte er zu viele Zigaretten mit mir und schenkte mir die Flasche Wein ein.
Ich verbrachte meine Zeit mit ihm.
Nicht mit Monika.
Nicht mit Emilia.
Nicht einmal mehr mit mir selbst.
Nur noch mit meinem Schatten.

***

Meinem Papa ging es nicht gut – schon lange nicht mehr.
Aber die schlechten Tage wurden häufiger. Jeden Morgen wurde ich durch seinen Wecker geweckt, weil er ihn nicht mehr hörte. Ich versuchte dann immer, ihn aufzuwecken – so wie früher.
Aber jetzt strahlte er mich nicht mehr an, er kitzelte mich auch nicht mehr, und eine Umarmung am Morgen wurde auch immer seltener.
Früher saßen Papa und ich jeden Abend zusammen auf dem kalten Ledersofa und hörten Jazz – so laut, dass Mama sich immer erst beschwerte, bevor sie sich dann lächelnd zu uns setzte.
Jetzt war die Musik leise, während Papa nur noch aus dem Fenster starrte.
Natürlich hatte er mich noch lieb – nur vielleicht nicht mehr so sehr wie früher. Zumindest zeigte er

es mir nicht mehr so doll.
Nun war er immer schnell genervt, wenn er mir bei den Hausaufgaben half und ich irgendwas in Mathe schon wieder nicht sofort verstand.
Generell war er fast immer wütend oder genervt.
Er und Mama stritten auch oft. Ich hörte Mama häufig Sachen sagen wie:
„Du musst aufhören damit! Es geht hier nicht um dich oder mich – du hast eine Tochter!"
Ich fragte mich oft, ob ich schuld an allem war.
War ich zu laut? Zu dumm? Oder vielleicht nicht genug?
Umso mehr meine Eltern sich stritten, desto mehr Zeit verbrachten sie auch in ihren Büros nebenan, während ich allein in unserem zu großen Haus war.
Papa blieb oft bis spät in die Nacht in seiner Kanzlei, manchmal übernachtete er auch dort.
Ich wusste das, weil er immer, wenn er so spät nach Hause kam, die Tür zu laut zuknallte und ich davon aufwachte.
Mama musste immer öfter zu Kundenterminen, und abends saß sie dann lange vor Papierkram entweder in ihrem Büro oder an unserem Esstisch.
Sandra war auch weg. Sie hatte ein eigenes Baby bekommen und wollte sich nur noch darauf konzentrieren – und nicht mehr auf mich.
Andrea wurde meine neue Nanny, aber ich mochte sie nicht.
Ich musste immer aufessen – sogar die Tomaten, die ich gar nicht mochte.

Dann wollte sie immer irgendwas Blödes basteln, obwohl ich basteln gar nicht mochte.
Und beim Putzen musste ich ihr auch helfen.
Nur ganz selten machten wir auch mal Ausflüge – aber die haben mit Sandra immer viel mehr Spaß gemacht.

***

Der Stapel der Kanzleipost lag vor mir, aber mir fehlte die Kraft, sie auch zu öffnen.
Ganz langsam war ich über die letzten Jahre zur unsichtbaren Sekretärin von Gabriel geworden.
Aber nicht nur das – ich war Mutter, Ehefrau, Chefin, Unternehmerin und mittlerweile auch Alleinverdienerin.
Während mein Geschäft boomte, war der Umsatz der Kanzlei schon lange im Minus. Nur die Rechnungen und Mahnungen vermehrten sich noch.
Ich blickte ein letztes Mal auf das Familienfoto auf meinem Schreibtisch – zu sehen waren Gabriel, Emilia und ich an einem schönen Sommertag bei einer Wasserschlacht vor unseren Apfelbäumen.
Gemacht hatte das Foto meine beste Freundin Helena, ohne dass ich es bemerkt hatte.
Irgendwann hatte sie es mir zugesteckt – mit einer persönlichen Widmung auf der Rückseite:
„Ich hoffe, euer Leben wird für immer so strahlend

bleiben wie an diesem Tag.“
Ach Helena, das hatte ich mir auch gewünscht.
Ich nahm den Stapel Post und ordnete ihn:
Einen Stapel für Zahlungserinnerungen, einen für Briefe von Kunden und den letzten für Gerichtspost.
Werbung landete direkt im Mülleimer unter meinem Schreibtisch.
Mitten beim Sortieren fiel mein Blick auf einen gelben Umschlag mit dem Vermerk „amtlich zugestellt“, datiert auf den 18.09.2007.
Ich öffnete ihn und sah als erstes die Summe – diese viel zu hohe, noch unbezahlte Summe: 20.358,94 Euro.
Erst danach realisierte ich, dass es sich hierbei nicht mehr um eine Mahnung handelte – es war die Ankündigung zur Zwangsvollstreckung.
Das Gefühl in meinem Bauch hatte sich mittlerweile von Angst zu reiner Panik entwickelt.
Wie sollte ich nur Emilia erklären, dass irgendjemand zu uns nach Hause kommt, Punkte auf unsere Sachen klebt – und diese dann später abholen würde?

„Das Jahr 2008“

Zwischen anhaltendem Facebook-Boom und YouTube-Hype wird Barack Obama zum ersten schwarzen Präsidenten der USA gewählt.
Die Olympischen Sommerspiele werden in Peking bejubelt, während im chinesischen Sichuan über 87.000 Menschen durch ein Erdbeben sterben.
Europa rutscht in die Rezession, und die Investmentbank Lehman Brothers bricht zusammen.
Apple bringt das iPhone 3G auf den Markt, und der Kosovo erklärt seine Unabhängigkeit.

„Das Schokoladenmonster“

Emilia, Monika & Gabriel

Da war es wieder – das Rattern des Faxgeräts. Meine Nackenhaare stellten sich auf, während ich zitternd das bedruckte Papier aus der alten Maschine zog.
„Offizielle Restschuld: 5.891 Euro – meine monatliche Erinnerung von Gabriels Eltern, pünktlich wie immer, war sie angekommen.
Ich war ihnen so dankbar gewesen, dass sie mir das Geld geliehen hatten.
Doch wie nichts anderes von ihnen kam auch dieser Gefallen nicht ohne seinen eigenen Preis.
„Wir helfen ja gern, versteh uns nicht falsch. Aber du weißt ja, wie es ist – die meisten legen einfach nicht mehr genügend Wert auf Genauigkeit. Deshalb sieh es uns bitte nach, wir müssen uns auch absichern.“
Ich erinnere mich, wie ich vor Karl-Heinz saß, der Vertrag, in dem ich ihm meine Privatvorsorge überschreiben sollte, vor mir – es fühlte sich an wie ein Pakt mit dem Teufel.
Ich rang mir ein leichtes Nicken ab und unterschrieb. Neben meinen noch offenen Schulden ließen es sich die beiden auch nicht nehmen, alle Geschenke an Emilia centgenau aufgelistet als Anlage beizufügen.
Ich fragte mich, wann sie anfangen würden, mir auch diese in Rechnung zu stellen.

Ich loggte mich in mein Online-Banking ein und erstellte die nächste Überweisung. Nur noch ein paar Monate, dann hätte ich es endlich geschafft.

***

Die Welt um mich herum drehte sich noch leicht, während mein Kopf dröhnte. Ich spürte, dass ich noch immer zitterte.
Ich war in meinem Bürostuhl aufgewacht – das war mir in den letzten Monaten immer öfter passiert.
Nachdem ich mich kurz geordnet hatte, ignorierte ich den Schmerz in meinem steifen Nacken und ging schnellen Schrittes in meine Kanzleiküche.
Doppelter Espresso und ein Glas Weißwein – mein kleines, geheimes Morgenritual. Nur mein Schatten und ich wussten davon.
Monika und ich redeten kaum noch miteinander – und wenn doch, dann meist nur, weil wir uns stritten.
Ich wusste über zehn gute Jahre lang nicht, wie laut Monika schreien konnte. Und jetzt tat sie in meiner Gegenwart nichts anderes mehr.
Emilias Besuche in meiner Kanzlei wurden auch weniger. Sie war jetzt neun, und Türme bauen aus Bauklötzen war nicht mehr so spannend wie früher.
Wenn sie meine Kanzlei betrat, verzog sie – so wie nur Kinder es können – ihr Gesicht:
„Papa, es stinkt hier. Kannst du nicht endlich aufhören zu rauchen?

Das ist auch gar nicht gut für dich!"
Sie sagte das immer so kindlich leicht, als wäre es das Einfachste auf der Welt, den Zigaretten abzuschwören.
So gern hätte ich ihr das alles erklärt.
Warum ich nicht einfach aufhören konnte zu rauchen. Warum ich kaum noch in unserem Zuhause war. Warum Monika und ich so viel stritten.
Ich wollte sie packen, umarmen und nie wieder loslassen, es in die Welt herausschreien, wie sehr ich sie liebe.
Aber da war diese Angst, die mich von alldem abhielt – was wäre, wenn sich mein Schatten dann auch über sie legt?

***

Dieses wohlige Gefühl kurz vor dem Einschlafen hatte mich eingenommen und ich war schon auf dem Weg ganz weit weg in Richtung Traumland.
Da hörte ich sie. Mama und Papa stritten schon wieder, und mein Traumland war auf einmal wieder Welten entfernt.
Für einen kurzen Moment verkroch ich mich unter meiner schweren Bettdecke, vielleicht könnte sie mich beschützen?
Aber meine Neugier gewann.
Ich stieg mit meiner Bettdecke um mich herum gewickelt aus dem Bett und lauschte dem lauten

Schreien meiner Eltern.
Stritten sie etwa schon wieder wegen mir? Vielleicht wegen meiner schlechten Note in Mathe heute? Oder weil ich letzte Woche im Unterricht eingeschlafen war?
Ich wollte das nicht, ehrlich nicht. Aber ich war so müde, weil die beiden wieder so spät in der Nacht gestritten hatten, dass ich meine Augen einfach nicht offenhalten konnte.
Ich traute mich nicht, meine Zimmertür zu öffnen, und verstand deshalb nur einzelne Wörter: Alkohol, Scheiße und Ausziehen.
Das Geschrei verstummte und wurde durch trampelnde Schritte und knallende Türen ersetzt.
Ganz leise, auf Zehenspitzen, schlich ich ins Wohnzimmer.
Meine Mama saß da, ihr Gesicht in den Händen vergraben. Ich hörte, wie sie leise schluchzte.
„Mama, warum weinst du? Ist etwas passicrt? Mamas weinen doch nie!“
Bei diesen Worten füllten sich auch meine eigenen, müden Augen mit Tränen.
„Emilia mein kleiner Schatz, warum bist du denn noch wach?“ Du solltest doch schon lange schlafen – haben wir dich geweckt?“
Auf die erschrockenen Worte meiner Mama antwortete ich mit einem kurzen Nicken.
Sie nahm mich in den Arm. Mamas Umarmungen waren etwas ganz Besonders.
Sie hätte mit ihren Umarmungen die ganze Welt

retten können – aber heute war das anders.
„Sag mal Mama, warum habt ihr gestritten? Geht es Papa wieder nicht gut? Was hat er denn?
Ich verstehe das alles nicht – ist es wegen mir?“
Meine Tränen schlugen nun in ein zu lautes Schluchzen um.
„Nein, mein Schatz, es ist nicht wegen dir! Du bist unser größter Schatz.
Du machst alles um uns herum so viel besser.
Denk bitte niemals – aber versprochen niemals – dass du der Grund bist, ok? Versprichst du mir das?“
Sie hielt mir ihren kleinen Finger hin, in den ich meinen noch kleineren Finger einhakte und zur Besiegelung „Pfadfinder-Ehrenwort“ sagte.
„Aber du musst mir jetzt noch sagen, was mit Papa los ist.“
Die kurze Hoffnung und der Stolz meines Ehrenworts waren schon wieder verflogen.
Mit einer leisen Stimme, die ich gar nicht mochte, sagte sie:
„Emilia, das kann ich nicht. Ich weiß nicht, wie ich es dir erklären soll. Es tut mir leid.“
Die Entschuldigung war so leise, dass ich sie kaum hören konnte.
Ich sprang auf, stapfte los und rief ihr zu:
„Dann frage ich eben Papa!“
In meinem dünnen Lieblingsnachthemd, das mit Pferden bedruckt war, ging ich in die Kanzlei.

„Papa, Papa!“
Doch bevor ich ihn begrüßte, empfing mich schon eine Wolke aus kalten Zigarettenrauch – ich musste ein bisschen husten.
Trotzdem bahnte ich mir den Weg in sein Büro. Noch im Türrahmen brachen alle Fragen aus mir heraus:
„Was ist Alkohol? Warum streitest du so oft mit Mama? Warum bist du kaum noch zu Hause? Hast du mich etwa nicht mehr lieb?“
Meine Lippen hatten sich zu einem großen Schmollen verzogen. Ich nahm mir vor, mich nicht vom Fleck zu bewegen, bis Papa mir endlich alle meine Fragen beantwortet hatte – und mir sagen würde, dass er mich doch noch lieb hat.
Er drückte seine Zigarette aus, schaute mich verdutzt an und fragte:
„Mein kleiner Wurm, was machst du denn hier? Es ist doch schon lange Schlafenszeit.“
„Das habe ich dir doch gerade gesagt! Hast du mich nicht mehr lieb oder magst du Alkohol lieber als mich?“
Ich hatte meine Arme verschränkt, doch mein Schmollen war schon wieder in Schluchzen übergegangen.
„Komm her, Emilia. Ich versuche es dir zu erklären, ok?“
Bei diesen Worten setzte er mich auf seinen Schoß und gab mir eine lange Umarmung.
Seine Umarmungen waren anders als die von

Mama.
Sie konnten nicht die ganze Welt retten – aber sie waren mein Lieblingsort.
„Emilia, du isst doch unglaublich gern Schokolade, oder?“
„Jaaa – jeder isst doch gern Schokolade! Am liebsten mag ich Schokobons.“
Auf einmal hoffte ich, er würde ein Stück Schokolade aus seiner Hosentasche zaubern und mir geben.
„Ja, ich esse auch sehr gern Schokolade. Aber was, wenn du auf einmal deine Schokolade nicht mehr gut vertragen würdest?
Und trotzdem, manchmal – obwohl du sie nicht verträgst – stiehlst du dir ein kleines Stück aus unserer Naschi-Box.
Aber nach einem winzigen Stück kannst du nicht mehr aufhören.
Kannst du dir das vorstellen?“
Mein Papa schaute mich fragend an.
„Ja, ich glaube schon. Aber wäre das denn so schlimm?
Ich vertrage doch auch keine Bananen – aber ein Stück zwischendurch ist trotzdem ok. Das sagt zumindest Mama.“
Ich verstand bisher nur die Hälfte, gab mir aber wirklich große Mühe!
„Genau. Jetzt stell dir aber mal vor, du isst die Schokolade und du isst immer mehr und mehr. Dann wirst du ganz böse. Und dann bist du auf

einmal gemein – zu Menschen, zu denen du nie gemein sein wolltest."

Ich nickte und versuchte, mir mich selbst als ein großes Schokoladenmonster vorzustellen.

„Und genau das passiert mit mir, wenn ich Alkohol trinke. Und glaube mir, mein Schatz – ich versuche, nicht mehr an die Naschi-Kiste zu gehen.

Aber manchmal schaffe ich es einfach nicht."

Sein Blick wurde traurig. Nicht nur sein Lächeln war verschwunden – die Traurigkeit saß ganz tief in seinen Augen.

„Papa, ich hab dich ganz doll lieb – und wenn es dir hilft:

Dann versuche ich jetzt auch, nicht mehr an die Naschi-Box zu gehen und keine Schokolade mehr zu mopsen."

Er gab mir noch eine lange Umarmung, bis ich zurück ins Bett ging.

In meinem Traum war ich ein böses Schokoladenmonster.

„Das Jahr 2009"

Banken wanken, Vertrauen wird zur Währung.
In Deutschland gibt es Diskurs über Kurzarbeit,
während Opel ums Überleben kämpft.
Michael Jacksons Tod hinterlässt die Welt in
Schockstarre, Usain Bolt bricht Rekorde.
Twitter ist das neue Medium.
Zwischen Wirtschaftssorgen, Wahlkampfslogans
und den ersten Tweets sucht die Welt ein neues
Taktgefühl.

„Croissants im Kakao“

Emilia, Monika & Gabriel

Ich war umgeben von Idioten. Und das Schlimmste daran: Für alle Außenstehenden war ich einer von ihnen.
Ich fand mich selbst in einer zu hellen Klinik wieder, in der ständig Fahrstuhlmusik abgespielt wurde – zwischen Drogenabhängigen, Alkoholikern, Schwerstdepressiven und Hochleistungs-Burnoutlern.
Wir frühstückten gemeinsam in der etwas zu sauberen Mensa, nahmen an Gruppentherapien teil – und inmitten dieser traurigen Parade sollte ich mir ein neues Hobby suchen.
„Gabriel, ein neues Hobby, etwas Kreatives – das kann oft schon der Anstoß für einen notwendigen Neuanfang sein.
Vertrau mir und lass dich darauf ein.“
Meine etwas moppelige Therapeutin wiederholte diesen Satz bereits zum dritten Mal. Und gern hätte ich ihr zum dritten Mal darauf geantwortet:
„Klar, lass mich einfach ein bisschen an die Werkbank, ein paar Bilder malen, und meine Probleme sind gelöst.
Soll ich eventuell noch mit dem Stricken anfangen?“
Aber ich wusste, es wäre verschwendete Zeit, diese Diskussion noch weiterzuführen.
Also sagte ich stattdessen:

„Es gab mal eine Zeit, als ich noch ein Kind war, da wollte ich Künstler werden. Ich hatte zwar in Kunst immer nur schlechte Noten, aber vielleicht kann ich die Maltherapie ausprobieren?"
Ich lächelte schwach und dachte an meine damalige Kunstlehrerin zurück, die mir irgendwann nicht mal mehr einen Pinsel geben wollte, weil sie meine Bilder so grässlich fand.
Und irgendwo in dem geregelten Tagesablauf zwischen Küchendienst, Therapien und Malen merkte ich, dass mein Schatten sich veränderte. Er war noch da – aber heller.
Jeden Sonntag besuchte mich Monika mit Emilia. Und jedes Mal fühlte es sich so an, als würden sie mein lange verschwundenes Glücks-Ich mitbringen. Nur als kurzen Gast, aber ich merkte: Es lebte noch.

***

Mit Emilia an meiner Hand und Gabriel an meiner Seite ging ich durch die Menschenmenge. Ich trat zum grauen Schalter und sagte der freundlich lächelnden Flughafenmitarbeiterin:
„Hallo, hier die Bordkarten und unsere Reisepässe. Wir sind doch am richtigen Schalter für den Flug nach Paris, oder?"
Sie antwortete mit einem Nicken und ihrem einstudierten Lächeln, während sie unsere drei Koffer auf dem Gepäckband wog.

Ich wusste natürlich, dass wir am richtigen Schalter standen – im kleinen Flughafen von Hamburg konnte man sich gar nicht verlaufen.
Aber ich musste es laut aussprechen. Es war wie das Kneifen, um sicher zu sein, dass ich nicht träumte.
Es war der Urlaub, den ich gebucht hatte, als ich das Entlassungsdatum von Gabriel aus der Klinik erfahren hatte.
Und es war eine Überraschung.
Eine für so vieles:
Für Emilia, zu ihrem zehnten Geburtstag.
Für Gabriel, als Pause nach dem schweren Entzug und all der harten Arbeit in der Therapie.
Und für mich – als Erinnerung an unser Versprechen: in guten wie in schlechten Zeiten.
Hoffentlich konnten wir jetzt wieder gemeinsam in Richtung der Guten gehen.

***

Papa war wieder zurück – endlich!
Während er nicht da war, hatte ich mein Versprechen gehalten. Ich war nie an der Naschi-Box, habe nichts Süßes gemopst und keine Schokolade gegessen.
Papa hatte mir erzählt, dass es dort, wo er war, keine Naschi-Box gab – und so war ich stolz auf uns beide.

„Emilia, weißt du eigentlich, dass deine Mama und ich mal geplant hatten, mit dir nach Paris zu ziehen?"

Mein Papa blickte mit mir gemeinsam in Richtung Flugzeugfenster, als er sprach. Ich schüttelte den Kopf, und er redete weiter:

„Als wir noch ganz jung waren, haben wir uns in Paris kennengelernt. Und dann, vor 14-Jahren, saßen wir zufälligerweise in einem Flugzeug wie diesem nebeneinander. Und deine Mama sah so bezaubernd aus, dass ich mich direkt in sie verliebt habe."

Er lächelte wieder und ergriff die Hand meiner Mama.

„Papa, sag mal: Wenn wir hierhergezogen wären – hättest du dann vielleicht kein Schokoladenproblem bekommen?"

Ich dachte an alles, was ich über Paris wusste: den Eiffelturm, das Disneyland – und fragte mich, ob man auch in Frankreich viel Schokolade aß.

Mein Papa antwortete mir, indem er mich kitzelte und mir einen kleinen Kuss auf die Stirn gab – und währenddessen hatte ich meine Frage auch schon wieder vergessen.

***

Wir stiegen aus dem Flugzeug – Emilia an meiner rechten und Monika an meiner linken Hand. Und zum ersten Mal füllte sich das Aussteigen nicht

mehr wie mein einstudiertes Schauspiel, sondern wie ein ehrlicher Moment des Lebens an.
Ich nahm einen tiefen Zug der dreckigen Luft.
Diese Stadt – ich fühlte mich wieder wie zu Hause.
Einem Ort, nach dem ich lange Heimweh gehabt hatte.
Paris – eine Stadt, die durch ihre unfassbare Hässlichkeit so glänzt, geschmückt durch den herumliegenden Müll.
Aber die Franzosen wussten das, und genau dieser Umstand machte ihre Arroganz so besonders.
Irgendwo zwischen den unendlichen Spaziergängen, den überfüllten Metros, den schreienden Franzosen und dem ganzen Baguette in den nächsten drei Tagen bemerkte ich, dass jemand mir folgte.
Und erst als unsere Zeit in dieser Stadt fast vorbei war, stellte ich fest:
Es war nicht mein Schatten – es war mein altes Glücks-Ich, das sich wie selbstverständlich an mein neues Tempo angepasst hatte.
Wir gingen durch zu kleine Einbahnstraßen, ließen uns im Park als Karikatur zeichnen und aßen so viel, dass unsere Bäuche wehtaten.
Ich brachte Emilia bei, dass man hier auf jeden Fall sein Croissant in den Kaffee – oder in ihrem Fall: in den warmen Kakao – dippen sollte.
Die bösen Blicke von Monika, die mich in solchen Momenten wohl für den größten Kulturbanausen

der Welt hielt, wurden vom Strahlen meiner Tochter überdeckt.
Ich erwischte mich immer öfter bei dem Gedanken, den Rückflug ganz bewusst zu verpassen und ohne den Ballast meiner Heimat nur mit Monika, Emilia und unseren kleinen Koffern in Paris zu bleiben.
Dann ging ich zum Gate.

„Das Jahr 2012“

Der Marsrover „Curiosity“ landet auf dem Roten Planeten und weckt neue Hoffnung auf wissenschaftliche Erkenntnisse, während der Maya-Kalender viele Menschen das Ende der Welt erwarten lässt.
Gangnam-Style wird zum YouTube-Hit, und der Arabische Frühling entwickelt sich zur Dauerkrise.
Joachim Gauck ersetzt Christian Wulff, während Obama wiedergewählt wird und Putin ins Präsidentenamt zurückkehrt.
Zwischen Weltuntergangs-Countdown und viralen Hits scheinen die Menschen kurzzeitig die Orientierung verloren zu haben.

„Versteckte Scherben“

Emilia, Monika & Gabriel

Ich hatte sie gefunden. Alle.
Und dieses Mal war ich nicht schnell genug gewesen, sie vor Emilia zu verstecken.
Während meine Tochter mich mit Tränen in den Augen ansah, unterdrückte ich meinen tiefen Drang zu schreien.
Eigentlich waren wir nur dabei gewesen, die Kanzlei aufzuräumen. Bald würden die neuen Möbel kommen, und bis dahin müssten wir hier noch mehr Ordnung schaffen.
Wir würden den Bürotisch durch ein Bett ersetzen, die Aktenschränke durch Kommoden, und das Schild „Rechtsanwaltskanzlei“ durch den einzelnen Namen „Gabriel von Lenzburg“.
Ich versuchte, bei all diesen dunklen Veränderungen zumindest mit der neuen Einrichtung wieder ein bisschen Licht in die Kanzlei zu lassen.
Die Wände müssten wir noch streichen – nicht mehr in Weiß, das verfärbt sich zu schnell. Ich hatte an ein beruhigendes Beige gedacht, aber die Feinheiten waren noch zu klären.
Gabriel half nicht bei unserem nett umschriebenen Frühjahrsputz.
Er hatte sich seine alte Lederjacke übergeworfen, seine Zigaretten eingesteckt und fast lautlos die Tür hinter sich geschlossen.

Er trank wieder – ich hatte aufgehört, die vergangenen Monate seiner Sucht mitzuzählen.
Erst tat er es nur hinter verschlossenen Türen.
Doch irgendwann, nachdem er auch seine Anwaltszulassung verloren hatte, wurde es zu seiner neuen Routine – ganz ohne Heimlichtuerei.
Er hatte zugenommen, seine frühere Liebe zum Sport war schon lange eingeschlafen. Statt eines durchtrainierten Körpers trug er nun einen runden Bauch vor sich her.
Selbst das Malen brachte ihm keine Ruhe mehr.
Anfangs hatten wir noch jedes seiner bunten Bilder in unserem Haus aufgehängt, doch irgendwann wurden sie dunkler – bis die Leinwände ganz leer blieben.
Und heute wurde mir erst das gesamte Ausmaß des Problems direkt vor Augen geführt.
Es war nicht mehr nur ein bedrückendes Gefühl.
Es waren leere Weißweinflaschen.
Versteckt hinter Ordnern, hinter Akten, im Ofen.
Und so wurde mir die Sucht meines Mannes nicht nur bewusst – sie wurde greifbar.

***

Als Monika und Emilia vor meiner Tür standen, wusste ich, dass sie sie finden würden.
Ich hätte sie warnen müssen – zumindest Monika.
Aber mein Schatten stand schon neben mir und geleitete mich durch die offene Haustür.

Hinter jeder Weinflasche, die beide heute finden sollten, versteckte sich auch eine kleine Scherbe von mir – von meinem zersplitterten Glücks-Ich. Die Flaschen hätte ich problemlos entsorgen können. Aber nicht die einzelnen Scherben, die noch von mir übrig waren.

Mein Schatten war mittlerweile so viel mehr:

Er war ich.

Und ich war er.

Ich nährte ihn – und er fraß mich auf.

Ich deckte ihn abends zu – und er stahl mir in der Nacht die Decke.

Er teilte seinen Schleier mit mir.

Und das Bunt von Emilia war plötzlich grau.

***

Ich trug das Altglas zum Auto.

All die blauen Säcke, gefüllt mit leeren Glasflaschen.

Und gemeinsam mit ihnen entsorge ich auch meine restliche Hoffnung.

Fünf Jahre.

Fünf Jahre, in denen ich mein Versprechen gehalten hatte.

Keine Schokolade. Kein einziger Blick in die Naschi-Box.

Fünf Jahre, in denen ich hoffte, betete und aushielt.

In dieser Familie – die keine mehr war – stand ich immer in der letzten Reihe.

Immer neben dem Rampenlicht, so als hätte ich zwar eine Rolle bekommen, doch niemand brauchte diese für die eigentliche Geschichte.
Mama war nur noch arbeiten. Von früh morgens bis nachts.
Ich sah sie nur noch beim Essen. Und das machte mich wütend. Wie wir hier in unserem perfekten Wohnzimmer mit den Designermöbeln saßen – und wie eine Katalog-Familie unsere Posen einnahmen.
Wir waren gefangen in dieser leeren Tradition, die nichts mehr zusammenhielt, außer Risse in der Fassade.
Dieses ständige Theaterspiel, bei dem jeder nur noch seinen auswendig gelernten Text sagen durfte – oder schweigen musste.
Ich war schon lange nicht mehr acht Jahre alt.
Und an ein Schokoladenmonster glaubte ich auch nicht mehr.
Dafür war ich mittlerweile in der Lage zu sagen, wie viele Flaschen Weißwein in einen Ofen passen.
Wie kalter Rauch, der sich durch Akten frisst, riecht.
Und wie es klingt, wenn jemand lügt – obwohl er selbst glaubt, die Wahrheit zu sagen.
Ich bin erschöpft von den leeren Geschichten.
Zurückgelassen mit den übrig gebliebenen Requisiten:
Ein Mann, ein Glas – und ein leerer Blick.

„Das Jahr 2014“

Russland annektiert die Krim, in der Ostukraine eskaliert der Konflikt.
In Gaza wird erneut Krieg geführt, während Ebola in Westafrika tausende Leben fordert.
Die Welt blickt fassungslos auf den Abschuss von Flug MH17.
Deutschland feiert sich beim Sommermärchen 2.0 und wird Fußballweltmeister in Brasilien.
„Ice Bucket Challenges“ fluten das Internet, und „Happy“ von Pharrell Williams läuft auf jedem Radiosender.
Die Welt wirkt gespalten – zwischen Tanz und Trauer, Selfies und Staatskrisen, und Euphorie und Entsetzen.

„Der Schatten auf dem Beifahrersitz“

Emilia, Monika & Gabriel

7:15 Uhr, und auf die Minute genau, riss mein Wecker mich aus dem Schlaf. Ich hatte nicht gut geschlafen.
Die Alpträume von Schokoladenmonstern wurden mittlerweile durch eine Kanzlei voller leerer Weinflaschen ersetzt.
Es gibt diese Theorie, dass man in der Hölle den schlimmsten Moment seines Lebens immer wieder durchleben müsse – vielleicht war das hier meiner.
Ich schlüpfte in meinen Jeansrock, verwaschenes Denim, abgewetzter Saum. Meine Mama hasste ihn, und immer, wenn sie mich darin sah, kam ein neuer Kommentar.
Es war fast wie ein kleines Spiel zwischen uns – kein besonders spaßiges, aber doch etwas, das nur wir beide teilten.
Der Rock wurde durch ein weites Shirt, noch mehr Denim in Form meiner Jeansjacke und meine Vans zu einem kompletten Outfit.
Ich schaute für einen kurzen Moment auf meine Schuhe und fragte mich, wann sie von strahlend weiß zu dreckig-grau übergegangen waren. Für den Bruchteil einer Sekunde erinnerten sie mich an die gelblich verfärbten Wände meines Vaters.
Ich warf mir meinen Rucksack über die Schulter und verließ wortlos das Haus. Es war doch eh niemand da, dem ich hätte „Bis später!“ sagen

können.
Mama war bestimmt schon seit zwei Stunden wach und bereitete ihre nächste Besichtigung vor, und Papa – ich weiß nicht mehr genau, wann ich das letzte Mal mit ihm geredet hatte.
Selbst sein erstes Bild, das er mir in der Therapie gemalt hatte, hatte ich nach seinem Umzug in die Kanzlei von meiner Wand genommen. Ich konnte den glücklichen Mix aus Gelb und Pink einfach nicht mehr ertragen.
Es ist faszinierend, welch große Grenzen die dünnen Mauern zwischen uns bilden konnten.
Zwischen zu lauten Klassenclowns, kichernden Mädchen und rasenden Fünftklässlern hing ich im Schulgebäude meinen Tagträumen nach.
Deutsch, Englisch und Französisch waren die einzigen Fächer, die mich wirklich interessierten.
Sprachen – das Bindeglied zwischen uns Menschen.
Und wenn Worte auch manchmal versagten, machten sie uns doch zu dem, was wir waren – oder zumindest zu dem, was wir sein wollten.
Nur durch sie konnten wir versprechen, unsere Liebe beschwören oder jemanden mitteilen, wie sehr wir ihn vermissten.
All meine Sprachen hatte ich mit Papa gelernt – und zu jeder konnte er mindestens eine Anekdote erzählen: von einer falschen Bestellung im spanischen Supermarkt, meinem wütenden Opa, als Papa Türkisch lernte, und davon, wie es im Arabischen so viele Akzente gab wie Menschen.

Ich hörte ein unangenehmes Räuspern, und als ich meinen Blick vom Tisch hob, erkannte ich, dass meine Physiklehrerin wohl mich meinte:
„Emilia, kannst du mir die Frage an der Tafel vielleicht beantworten?“
Ihr spöttisches Grinsen war ich schon gewohnt. Neben meiner Begabung für Sprachen war nämlich kein Platz mehr für Naturwissenschaften geblieben.
„Nein, Frau Funkler, sorry – ich habe wirklich keine Ahnung.“
Meine Antwort vergrößerte ihr Grinsen nur noch weiter:
„Ach, Emilia – wenn du Abitur machen willst, musst du deinen Notenschnitt in diesem Jahr für den Realschulabschluss aber noch deutlich anheben!“
Ich blickte sie mit verschränkten Armen an und antwortete:
„Dann ist es ja gut, dass ich nicht vorhabe, mein Abitur zu machen. Ich fange im Sommer nach der Schule meine Ausbildung an.“
Ich war froh, bald mit der Schule fertig zu sein. Raus aus der Vorstadt, rein in die City – und vielleicht irgendwann in die große weite Welt. Während meine Mutter mich in meiner Entscheidung unterstützte, kam von meinen Großeltern nur eine einzige Antwort – ein Brief, ganz offiziell vom Notar verfasst:
„Hiermit informieren wir Sie über die Streichung aus dem Testament von Ingrid und Karl-Heinz von

Lenzburg.
Sollte Ihr Vater, Gabriel von Lenzburg, vor Ihren hier genannten Großeltern sterben, erhalten Sie den Pflichtanteil von 50%."
Auf dem Brief war eine kleine handschriftliche Notiz, signiert von meinem Großvater:
„Emilia, sei nicht dumm. Ich habe mich nicht die Karriereleiter hochgearbeitet, damit du jetzt eine neue Generation von Arbeiterkindern startest. Von Lenzburg ist nicht nur ein Name – er ist eine Ehre! Und du solltest ihn nutzen."

***

Die Suppe war mir angebrannt, und ich hörte mich selbst laut „Scheiße!" rufen. Auch nach all den Jahren fragte ich mich, weshalb ich einer solchen Designer-Ausstattung in der Küche überhaupt zugestimmt hatte.
Die Küche war Gabriels Bereich gewesen – denn während sich meine kulinarische Begabung auf Nudeln beschränkte, war er ein geborener Koch. Doch seit seiner Krankheit war das Essenvorbereiten zu meiner Aufgabe geworden. Und selbst wenn jetzt nur noch Emilia und ich gemeinsam aßen – ich weigerte mich, diese Tradition aufzugeben.
Dieses gemeinsame Mittagessen, das war Familie. Und Emilia und ich waren der harte Kern – das, was von unserer Familie übrig geblieben war.

Oft kochte ich trotzdem noch für drei, um nach dem Essen, mit Tupperdosen in der Hand rüber zu Gabriel zu gehen.
Unser gegenseitiges Versprechen hatten wir zwar gebrochen, aber das bedeutete nicht, dass ich ihn verhungern lassen würde.
Die Vorstellung, wie der Mann, der mich früher – ohne große Ersparnisse, aber mit viel Witz und Charme – das erste Mal ins Le Train Bleu eingeladen hatte, jetzt jeden Tag in einer vor Rauch vergilbten Bruchbude saß und sich von kalten Ravioli, Zigaretten und Weißwein ernährte, brach mir das Herz.
Immer wieder aufs Neue.
Emilia, die sich durch die Hintertür reingeschlichen hatte, stand auf einmal neben mir und erinnerte mich mit einem lauten „Sag mal Mama, was stinkt hier so?" an meine verbrannte Suppe.
„Hi Emilia, hattest du einen schönen Tag? Sag mal, was hältst du davon, wenn wir heute Mittag einfach essen gehen?
Ich glaube, wir beide haben genug von meinen Nudeln oder einer angebrannten Suppe, oder?"
Ich versuchte noch, sie mit meinen kaum vorhandenen Kochkünsten zum Lächeln zu bringen.
„Ach, Mama, weißt du – alles kein Ding. Ich mache mir schnell ein Brot. In einer halben Stunde holen mich Pia und Jenny ab. Wir fahren in die Stadt, gehen ein bisschen bummeln und Kaffee trinken."

Mit einer hochgezogenen Augenbraue fuhr sie fort:
„Aber für die nächsten Tage wäre ein Restaurantbesuch ganz nett. Du hast Recht – Kochen ist wirklich nicht deine größte Stärke."
Mit diesem Satz war sie so schnell verschwunden, wie sie gekommen war.
Und so nahm ich die Suppe vom Herd, füllte mir ein wenig davon auf meinen Teller und setzte mich allein an unsere kleine Kücheninsel.
Ich fragte mich selbst:
„Was wäre passiert, wenn wir wirklich nach Paris gezogen wären?"
Ich sah die Bilder vor meinem inneren Auge. Vermutlich wäre ich noch immer die Sekretärin von irgendwelchen Arschlöchern. Aber wäre das nicht besser als ein Ehemann, der sich zu einem Arschloch entwickelt hatte?
Mit diesem Gedanken kam direkt das schlechte Gewissen. Ich wusste, dass er krank war – und kein Arsch.
Aber andersherum wäre es so viel leichter.

***

Sie stritten sich. Obwohl meine Eltern schon längst geschieden waren, hatten die Streitereien nie aufgehört.
Während ich mich – wie früher – tiefer in meine Decke kuschelte, realisierte ich, dass es heute anders war.

Meine Mutter schrie, aber nicht wie sonst. Es klang nicht, als würde sie ihn anschreien, vielmehr, als würde sie versuchen, etwas aus ihm herauszuschreien.
Ich hörte polternde Schritte und wartete schon darauf, wie mein Vater die Haustür wieder zuknallen würde, auf dem Weg zurück in seine alte Kanzlei.
Doch die Schritte kamen näher.
Meine Zimmertür öffnete sich – und ich erkannte meinen Vater.
Er stand einfach so da, im Halbschatten, den der Mond auf ihn richtete.
Seit zwei Jahren hatten wir nicht mehr miteinander gesprochen. Kein „Hallo", kein „Geht's dir gut?" und kein „Ich hab dich lieb."
Für einen kurzen Moment überlegte ich, ob ich die Funkstille zwischen uns wirklich einreißen wollte – oder ob ich einfach so tun könnte, als würde ich schlafen.
Doch noch im selben Moment spürte ich, dass ich diese Entscheidung für den Rest meines Lebens bereuen würde.
Ich sprang auf und schaute in seine Augen. Die blauen Augen, die er mir vererbt hatte – sodass ich immer seine sah, wenn ich meine im Spiegel betrachtete.
Ohne ein Wort nahm er mich in den Arm – und in diesem Moment spielte sich meine Kindheit vor mir ab.

Die hohen Türme aus Bauklötzen, das gemeinsame Zeitungslesen, das Verstecken in seinen Aktenschränken – alles war wieder da.
Die Umarmung fühlte sich an wie eine nie enden wollende Unendlichkeit, der trotzdem die Zeit davonlief.
„Vergiss niemals, wie sehr ich dich liebe!"

***

Meine Hände hielten das Lenkrad, fest in Richtung Baum gerichtet, mein Fuß drückte das Gaspedal durch – und mein Schatten saß als mein ständiger Begleiter neben mir auf dem Beifahrersitz.

„Ein Hauch von Farbe“

Emilia & Monika

Sie waren nicht gekommen.
Während ich in der trüben Eingangshalle des Friedhofs hin- und herging, steigerte sich meine Wut immer weiter.
Wie konnten sie an diesem Tag nicht hier sein? Die eigenen Eltern, die die Beerdigung des Sohnes abgesagt hatten.
Die Eltern, die nicht nur ihn, sondern auch seinen Schatten erschaffen hatten.
Die Eltern, die nicht nur ein Leben gaben, sondern auch genommen hatten.
Als mein Blick aus dem Fenster fiel und ich den Apfelbaum am Eingang beobachtete, blieb ich stehen.
Neben all der Wut entwickelte sich auch ein kleiner Funken Hoffnung in meinem Bauch. Zumindest heute, an dem Tag, an dem er seinen Frieden finden sollte, könnten sie nichts mehr zerstören.
Dieser Tag gehörte allein ihm – und allen positiven Erinnerungen, die die Menschen in seinem Leben mit ihm geteilt hatten.
Emilia gesellte sich zu mir.
„Mama, kannst du bitte noch ein letztes Mal über meine Rede gucken? Ich weiß sie ist nicht perfekt und auch viel zu kurz, aber guck doch bitte nochmal, ja?“
Ihre Stimme zitterte und passte auf einmal gar nicht

mehr zu meiner Tochter, die in ihrem schwarzen, schlichten Kleid gar nicht mehr wie ein Kind, sondern wie eine junge Frau wirkte.
„Mein Schatz, deine Rede ist perfekt! Dein Papa hätte sie geliebt, glaub mir. Und sie ist auch nicht zu kurz – erinnerst du dich noch, wie sehr er lange Vorträge verabscheut hat?
Du gibst ihn wieder: kurz und knapp, dunkel und hell – und mit allem dazwischen."
Zur Beruhigung nahm ich sie in den Arm. Stolz und Trauer mischten sich zu einem leisen Gefühl, das meine Augen mit Tränen füllte.
Meine kleine Emilia, in ihren so jungen Jahren, hatte sich entschieden, dass sie die Trauerrede halten würde.
Nicht, weil sie es musste, sondern weil in ihrer Welt nur sie ihren Papa so wiedergeben konnte, wie er war.
Ihre Entschlossenheit und der Entwurf ihrer Rede – ich konnte nicht stolzer auf sie sein.
Aber die Tatsache, dass sie all das durchleben musste. Sie hatte ihren Vater verloren. Statt Kind zu sein, hatte sie Weinflaschen mit mir entsorgt. Und doch hatte sie es geschafft, eines zu behalten – ihr buntes Strahlen.

***

Die aufgestellten Stühle reichten nicht aus, und ich konnte kaum glauben, wie viele Menschen hier

waren. Einige sprachen nur Französisch, andere Deutsch, aber mit starkem ausländischem Akzent. Es waren Schulfreunde dabei, alte Kollegen und ehemalige Kommilitonen.
Manche von ihnen trugen Anzüge – maßgeschneidert oder viel zu groß.
Andere waren mit Shorts und Sneakern gekommen, und wieder andere einfach in Jeans und T-Shirt.
Und als ich an das alte Holzpodest trat, bemerkte ich zum ersten Mal, wie viele Leben mein Vater gelebt hatte.
Wie alt war er wohl gewesen, als er das erste Mal einen maßgeschneiderten Anzug gekauft hatte? Wo hatte er gewohnt, als es völlig normal war, in Shorts zu einer Beerdigung zu gehen? Und an welchem Abschnitt seines Lebens war der Tod etwas so Normales, dass die Leute ihre Alltagsjeans trugen?
Nichts davon wertete es ab, kein Kleidungsstück war unpassend. Ganz im Gegenteil – alle, die hier waren, jeder Einzelne, hatte seine ganz eigene Geschichte mit meinem Papa.
Und ich fragte mich für einen Moment, ob ich das auch von mir behaupten konnte.
Mit zitternden Händen nahm ich das vor mir stehende Mikrofon und breitete den Zettel, den ich viel zu oft gefaltet hatte, vor mir aus:
„Vielen Dank, dass ihr alle heute hier seid.
Ich würde euch siezen, aber dann würde mein Papa mich noch aus dem Himmel auslachen – das wisst ihr ja sicherlich alle.

‚Nimm nicht alles so ernst. Das Leben ist doch nur ein großer Abenteuerspielplatz' – das waren die wohl prägendsten Worte, die mich mein ganzes Leben über begleitet haben.
Mein Papa, Gabriel von Lenzburg, war eben ein bisschen wie der kleine Prinz – verliere nie deine Neugier, nimm dich selbst nicht zu ernst und höre niemals auf, aus vollem Herzen zu lachen.
Auch wenn dich nicht alle verstehen werden.
Doch auch wenn ihn nie alle verstanden haben, hat er bei jedem Menschen, dem er über den Weg gelaufen ist, einen tiefen Eindruck hinterlassen.
Und die meisten von ihnen fangen breit an zu lächeln oder laut zu lachen, wenn sie an gemeinsame Arbeit, gesellige Runden oder verblasste Erinnerungen mit ihm zurückdenken.
Ich könnte hier jetzt noch viele weitere Lebensweisheiten oder vielsagende Vergleiche ziehen – aber dann würden wir alle weinen müssen, und meine Rede vermutlich heute und drei Tage andauern.
Deshalb versuche ich mich ab jetzt kurz zu halten: Mein Vater ist mit so unglaublich viel Fantasie und Kreativität durch sein Leben und seinen eigenen Spielplatz gelaufen, wie es nur sehr wenige Menschen können.
Sein Herz schlug für Jazz, Kunst und ferne Kulturen. Die meiste Zeit hat er nie so richtig in das graue, verregnete Deutschland gepasst.
Vielleicht hat er gerade deswegen so viel Farbe in

das Leben seiner Familie, Freunde und Kollegen gebracht.
Und vielleicht hat er sich deshalb entschieden, so früh von uns zu gehen – damit er all seine Farbe an uns weitergeben kann, jetzt, wo er sie nicht mehr braucht.
Lasst uns diese Farbe in uns aufnehmen und ausleben – denn in jedem kleinen Anflug von Sarkasmus, einem klugen Konter, einem herzhaften Lachen oder einer warmen Umarmung ist er wieder bei uns.
Denn eins ist gewiss: Mein Papa hätte nicht gewollt, dass wir hier stehen und um ihn weinen.
Er würde sich wünschen, dass wir uns alle an unsere schönsten gemeinsamen Momente mit ihm erinnern – und ihm die letzte Ehre mit einem breiten Lachen im Gesicht erweisen."
Bei den letzten Worten hielt ich mein mit Weißwein gefülltes Glas hoch und rief hinterher: „Auf Gabriel!"
Als ich mein Glas abstellte, schaute ich durch den alten Apfelbaum in den grauen Himmel.
Und irgendwo in weiter Ferne bildete ich mir einen Hauch von Farbe ein.

„Das Jahr 2015“

Aus dem Satz „Wir schaffen das!“ resultieren die Flüchtlingskrise und politische Debatten in Deutschland, während Paris durch Terroranschläge erschüttert wird.
In einem Germanwings-Flugzeug sperrt sich ein Pilot ein und nimmt 150 Leben mit sich in den Tod.
In den USA darf endlich jeder den- oder diejenige heiraten, den oder die er liebt und eine Sonde der NASA erreicht den Zwergplaneten Pluto.
Zwischen E-Autos und dem VW-Abgasskandal fragen sich die Leute:
Welcher ist denn nun der richtige Weg?

„Zwischen Stolz und Scham“

Emilia, Ingrid & Karl-Heinz

Ich zündete die kleine Kerze an. Es war nicht unsere Beste, aber sie war ausreichend.
Heute, vor einem Jahr, war er gestorben.
Ich stellte die Kerze in unser kleines Flurfenster, ihr Farbton passte perfekt. Sie war genauso orange wie unser Teppich und die frischen Tulpen.
Anschließend wechselte ich meinen Morgenmantel gegen mein schwarzes Kleid, das ich mir nur für den heutigen Tag gekauft hatte. Es würden bestimmt viele unserer Nachbarn vorbeikommen – mit Blumen und weiteren Beileidsbekundungen.
Da musste man schon darauf achten, die Tür nicht ungepflegt zu öffnen. Sonst würden die Leute ja sonst was denken.
Der Kaffee kochte so langsam auf, und den Frühstückstisch hatte ich schon mit dem Üblichen gedeckt.
Wie immer folgte mein letzter prüfender Blick: Toast, Schwarzbrot, Rührei, Schinken, Butter, Marmelade, O-Saft.
Nichts hatte ich vergessen, und so setzte ich in meinem Kopf – wie die letzten Jahrzehnte – einen imaginären Haken hinter dieses To-do.
Nur Karl-Heinz fehlte noch. Ich wunderte mich, aus welchem Grund er in letzter Zeit so oft verschlief. Aber ich schob es auf sein Alter – das macht schließlich vor niemandem Halt.

Außer bei Gabriel, aber das war eben auch ein selbstgewähltes Schicksal.
„Kaaaarl-Heeeiinz, Schätzchen, der Kaffee ist gleich fertig – und wenn du nicht langsam aufstehst, wird er kalt."
Als ich mich gerade auf den Weg in Richtung Schlafzimmer machen wollte, hörte ich ihn in seiner gewohnt grummeligen Morgenattitüde:
„Ja, ja, du musst nicht gleich schreien. Ich komme schon!"
Eingehüllt in seinem mittlerweile doch sehr abgetragenen Schlafanzug trat er in die Küche, der Schlaf haftete noch an seinen Augen, die er erst halb öffnete.
„Aber sag mal, wie siehst du denn aus?
Da müssen wir jetzt aber schnell frühstücken, damit du gleich unter die Dusche hüpfen kannst. So können wir wohl niemandem die Tür öffnen."
Ich konnte sein Augenrollen schon erkennen, bevor ich den letzten Satz beendet hatte.
„Erstens: hüpfe ich nicht unter die Dusche, sondern gehe duschen – ich bin nämlich kein dreijähriges Kind.
Zweitens: die Tür öffnen? In unserem Kalender steht nichts."
Er drehte sich zur Vergewisserung noch einmal zur Wand hinter ihm, an der unser alter Schiebekalender hing.
„Und drittens: Ingrid – ich bin jetzt 79 Jahre alt. Darf ich nach all unseren gemeinsamen Ehejahren

meinen Kaffee morgens immer noch nicht in Ruhe trinken?“
Er klang ein wenig bitter. Zu bitter, wenn es nach mir ging.
„Ich antworte dir gern ausführlich auf jeden Punkt.
Erstens: dreijährige Kinder hüpfen nicht in die Dusche, sondern werden gebadet.
Zweitens: Nein, wir haben heute offiziell nichts vor. Aber du wirst doch nicht vergessen haben, welcher Tag heute ist?! Natürlich werden all unsere Nachbarn Blumen bringen und ihr Beileid ausdrücken.
Und drittens: genau, du bist jetzt 79 Jahre alt – warum genießt du nicht die letzten Jahre, in denen ich dich beim Kaffeetrinken noch bequasseln kann? Außerdem hast du dich all die Jahre davor auch nicht beschwert – da brauchst du jetzt gar nicht erst damit anfangen.“
Mit diesen Worten war unsere kleine Unterhaltung beendet, und ich ging zurück an die Küchentheke, um uns noch eine weitere Tasse Kaffee einzuschenken.

***

Ich verließ gerade die Dusche und stand noch mit dem Handtuch um die Hüfte vor der großen Spiegelfront, als ich die Klingel hörte. Sie klang nicht mehr wie früher – vielleicht hätte ich sie doch ersetzen sollen. Aber für die letzten paar Jahre

lohnte sich das auch nicht mehr.
Ich fragte mich, wer wohl vor unserer Haustür stand.
Vielleicht die Neureichen von gegenüber?
Meine Nackenhaare stellten sich auf – die würden es hoffentlich nicht wagen, mein Grundstück zu betreten.
Die parken ihren großen, hässlichen BMW immer so schief, dass ich kaum noch aus der Garage komme. Außerdem ist das Ding viel zu laut – genau wie die Besitzer.
Solch ein Pack sollte sich meine Gegend eigentlich gar nicht leisten können – bestimmt hatten sie irgendwas geerbt und waren nur deswegen hier.
Vor der Tür könnte aber auch die alleinstehende Frau drei Häuser weiter stehen. Sie lebte schon ewig hier und hatte ab und zu auf Gabriel aufgepasst, als er noch klein war.
Jedes Mal, wenn wir ihn abholten, erzählte sie mir, dass er bestimmt später ein großer Künstler – oder besser noch: weltberühmter Jazz-Musiker – werden würde.
Was ein Mumpitz.
Kein Wunder, dass diese alte, verwirrte Frau nie einen Mann abbekommen hatte.
Man stelle sich nur vor, zu so einer nach Hause zu kommen – bestimmt aß sie abends kein normales Abendbrot, sondern so außergewöhnliche Sachen wie Indisch oder Vietnamesisch.
Ein Glück, dass sie keine Kinder hatte. Aus denen

hätte bei so einer Erziehung und solch bescheuerten Träumen ja gar nichts werden können.
Ich schloss den obersten Knopf meines dunklen Hemdes, das Ingrid mir schon gestern Abend rausgelegt hatte, und verließ unser kleines Ankleidezimmer.
Dabei fiel mir auf, dass in der Ecke ein kleiner Riss in der Wand entstanden war.
Ich dachte kurz daran, Gabriel anzurufen, damit er mal wieder zu Besuch kommen und sich auch gleich um mein kleines Wandproblem kümmern könnte – als sich die schmerzliche Erinnerung wie eine dunkle Regenwolke über mir ergoss.
Als ich an der Haustür ankam, signalisierte mir Ingrid – ohne Worte, aber mit einem gewohnt kühlen Blick – dass ich sie zu lange hatte warten lassen. Ich blickte von ihr zu unserem Besuch.
Es war kein Nachbar, keine Neureichen und keine alte, verwirrte Dame.
Emilia trat in die Tür. In ihrem bodenlangen schwarzen Kleid – passend zur Farbe unseres Türrahmens.

***

Ich war angekommen. Ich wusste nicht, warum ich mir ausgerechnet diesen Tag – seinen ersten Todestag – ausgesucht hatte, um die Menschen zu besuchen, die es nicht einmal auf seine Beerdigung

geschafft hatten.
Aber irgendetwas hatte mich bewegt, an diesem dunklen Tag zu diesem alten Haus zu fahren. Vielleicht, weil ich ihn vermisste. Vielleicht, weil ich noch immer wütend auf sie war. Oder vielleicht, weil ich hoffte, endlich einen Abschluss zu finden.
Die beiden öffneten mir die Tür – und mit ihnen empfing mich auch der Geruch von altem Parfüm und zu Staub zerfallenen Träumen.
„Hallöchen Emilie – ach, ich meine natürlich Emilia, du weißt ja, das Alter! Groß bist du geworden – und hübsch!"
Sie kniff mir in die Wange und fuhr mir durch meine langen Locken.
„Nur deine Wimpern… ach, ich hatte so gehofft, dass deine Mutter auf mich hören würde. Wenn du jetzt noch so geschwungene Wimpern hättest, wie als Kind, dann könntest du glatt als Model durchgehen!"
Sie lachte – für meinen Geschmack ein wenig zu laut.
„Guten Tag, Emilia. Ich freue mich, dich zu sehen – aber nächstes Mal stimm dich doch bitte erst telefonisch mit uns ab.
Nur weil wir jetzt ein wenig in die Jahre gekommen sind, heißt das noch lange nicht, dass wir jeden Tag auf dem Sofa vor uns hinvegetieren."
Dazu gab er mir ein kühles Händeschütteln.
Ich hatte noch keine Kraft gefunden zu antworten.
All das Orange in diesem Raum, gemischt mit den

schwarzen Türen, nahm mir die Luft. Alles hier war viel zu perfekt, zu sauber – ohne auch nur eine einzige persönliche Note.
Als ich endlich meine Stimme wiederfand, drehte ich mich zu ihnen:
„Hallo ihr beiden. Ich dachte, ich könnte euch heute Gesellschaft leisten. Ich kann mir vorstellen, dass es auch für euch nicht einfach ist, mit dem Verlust umzugehen."
Ich blickte sie an und hoffte ein wenig, dass sie in meinen Augen die meines Vaters erkannten.
„Ach je, das ist ganz lieb von dir. Aber was sollte denn für uns nicht einfach sein? Ich meine – Gabriel ist nun seit einem Jahr tot.
Und er war ja auch ein toller Junge, so begabt, so viele Sprachen, und so eine außergewöhnliche Karriere.
Aber schlussendlich hat er diese Entscheidung getroffen. Da gibt es ja nichts zum drüber Weinen."
Während meine Oma sprach, erkannte ich, wie sie ihre Nase ganz leicht und fast unmerklich rümpfte, bevor sie zu meinem Opa blickte:
„Oder hast du etwas dazuzusagen, Karl-Heinz?"
Sie klang gelassen, aber ihren schnippischen Blick hätte selbst der Zeitungsjunge vor dem Grundstück bemerken können.
„Nein, unser Sohn hat eine Entscheidung getroffen. Und auf Dinge, auf die wir keinen Einfluss haben, sollten wir auch keine Emotionen

verschwenden.
Ich habe es ihm doch immer gesagt – er hätte einfach Richter in Köln werden sollen. Da hätte er vor lauter Karriere und Arbeit gar keine Zeit gehabt, sich über Selbsttötung Gedanken zu machen."
Vielleicht bildete ich es mir ein – aber ich sah ein kurzes Grinsen in seinem Gesicht.
Trotz all der Fassungslosigkeit, die durch meinen Körper fuhr, versuchte ich weiterhin freundlich zu bleiben.
„Wenn es euch nicht stören würde, würde ich gern Papas alte Fotoalben ansehen. Und vielleicht habt ihr ja auch noch ein paar andere Erinnerungsstücke aus seiner Jugend und die verschiedenen Auslandsaufenthalte?
Ich überlege gerade selbst noch, wo ich so hingehen möchte – da wäre das wirklich hilfreich."
Ich setzte mein charmantestes Lächeln auf und erinnerte mich an die Worte meiner Mutter: Tu blond – und mach gute Miene zum bösen Spiel.
Ich wartete. Und wartete.
Aber da kam nichts.
In dem ganzen Raum sammelte sich nichts als Stille – zu laut, um sie noch überhören zu können.
Bis meine Oma sie mit einem leichten Räuspern durchbrach:
„Du, das tut mir jetzt schrecklich leid – aber wir haben erst vor einigen Monaten aussortiert. Und das meiste war mittlerweile ohne Wert.

Alles aufbewahren können wir nun auch nicht."
Sie bewegte sich mit einer einladenden Geste in Richtung Küchentür:
„Aber gern können wir noch gemeinsam einen Kaffee trinken, wenn du magst. Ich dürfte auch irgendwo im Keller noch einen Kuchen stehen haben."
Ich lachte laut auf – nicht, weil die Situation lustig war, sondern weil ich dachte, ich hätte mich verhört.
Ich lachte so lange, bis ich zurück in ihre Gesichter blickte.
Da war kein Lachen. Kein Witz. Kein Anzeichen für ein „April, April".
Da war endgültige Gleichgültigkeit.
Für mich. Für meinen Vater.
Und – wenn man so richtig hinsah – auch für sie selbst.
Ich antwortete nicht, sondern lief die knarrende Treppe in das dunkle Souterrain hinunter.
Ich wusste aus Erzählungen, dass mein Vater hier unten sein Zimmer hatte. Ich öffnete jede Tür. Und mit jeder Tür auch eine Enttäuschung.
Es war nichts mehr da.
Keine Fotos von Jeddah, Paris oder Barcelona. Keine Zeugnisse. Keine Bilder von einem glücklichen Gabriel. Keine Uhr. Keine Anekdote, die zu erzählen vermag, wer mein Vater war.
Das ganze Haus bestand lediglich aus Schweigen, verletzten Egos und einem perfekt einstudierten

Theaterspiel.
Das hier war der Ort, in dem Stolz zu Scham wurde.

„Das Jahr 2018“

Donald Trump trifft Kim Jong-un in Singapur,
Angela Merkel wird zum vierten Mal vereidigt.
In Thailand hält die Rettung einer eingeschlossenen
Fußballmannschaft die Welt in Atem, während
Europa unter Hitzewellen und Waldbränden ächzt.
Apple wird als erstes Unternehmen über eine
Billion Dollar wert, und Prinz Harry heiratet
Meghan Markle unter Kameras und von Blitzlicht
begleitet.
Auf dem Mars landet eine NASA-Sonde, und in
Saudi-Arabien dürfen Frauen erstmals Autofahren.
Zwischen royalen Hochzeiten, Tech-Rekorden und
Höhlenwundern wirkt die Welt kurzzeitig wie
versöhnt – doch die Flammen lodern weiter.

„Die letzte Platte“

Karl-Heinz

Es war schon spät, und anstatt neben Ingrid im Bett zu liegen, hielt mich mein alter Körper noch hier unten im Souterrain.
Vor mir stand eine Flasche Rotwein – die teure Sorte, auf die ich früher noch besonders stolz gewesen war. Im Hintergrund hatte ich leisen Jazz angemacht, auf dem Plattenspieler, der früher einmal Gabriel gehörte.
Ich hätte ihn Emilia zeigen können, aber er war mein kleines Geheimnis – das einzige Andenken an meinen Sohn, das ich behalten hatte.
Meine Gedanken schweiften ab. Wie nach einer Zeitreise erinnerte ich mich an die endlosen Diskussionen mit ihm, wenn er die Musik mal wieder viel zu laut aufgedreht hatte.
Doch er strahlte mich damals immer nur an und sagte:
„Schau mal, Pa – ich habe eine neue Platte mitgebracht. Ich wette, die würde dir auch gefallen, wenn du Jazz verstehen würdest!“
Dabei setzte er immer sein freches Grinsen auf, das immer ein bisschen zu groß für sein Gesicht gewesen war.
Er hatte Recht. Ich hatte Jazz nie verstanden – und wenn ich ehrlich zu mir selbst bin, tue ich das bis heute nicht.

Aber es reicht mir, der Musik zuzuhören und einfach an ihn zu denken.
Ich schaute mich in diesem Raum um, in dem ich so viele Abende allein verbracht hatte.
Früher wirkte es hier modern, innovativ – und irgendwie besonders. Jedes Möbelstück war eine Maßanfertigung gewesen.
Doch was war davon geblieben? Eine bedrückende Leere und monotone Dunkelheit.
Es war dieser Moment, in dem ich es realisierte: Nicht nur unser Haus – auch wir waren aus der Zeit gefallen.
Irgendwo zwischen sterbenden Freunden, dem Klatsch der Nachbarschaft und der Absage zur Beerdigung unseres Sohnes hatten wir den Anschluss verloren.
Unser Telefon klingelte nicht mehr, die Essenseinladungen blieben aus, und Postkarten wurden uns schon lange nicht mehr geschickt.
In einer Welt, die sich immer um uns drehte, hatten wir vergessen, unseren Blick zwischendurch zu justieren.
Und während Ingrid noch immer dachte, ihr Friseur sei alle zwei Wochen krank, wusste ich längst, dass er ihr Gemecker einfach nicht mehr hören konnte.
Ich blickte zurück auf mein Leben – all die Stunden im Auto, die zu teuren Geschäftsessen, die Luxusurlaube und das Geld.
Und doch saß ich jetzt hier – allein, umgeben von

so vielen Wertsachen, die noch nie von Wert waren.

„Frühstück für Zwei“

An diesem kalten Dezembermorgen wurde Karl-Heinz nicht von der schrillen Stimme seiner Ehefrau geweckt.
Auch roch es im Haus der von Lenzburgs nicht wie üblich nach frischem Kaffee.
Der Frühstückstisch war leer – keine Spur von Toast, Orangensaft, Rührei, Marmelade oder Schinken.
Bis Karl-Heinz schließlich in seinem alten Schlafanzug aus dem Schlafzimmer trat. Der Schlaf aus der letzten Nacht hing ihm noch in den Augen, und mit seinem gewohnt grummeligen Ton murmelte er etwas Unverständliches vor sich hin.
Ohne große Gesten betrat er die Küche. Er setzte den Kaffee auf, bereitete das Rührei zu und deckte den Tisch.
Dann ging er zurück zum Ehebett, hievte ihren leicht starren Körper heraus und brachte sie zum Küchentisch.
In ungewohnter Stille saßen sie nun beide da, während er ein letztes Mal aus dem Fenster auf die Apfelbäume blickte – und sich beiläufig die Tabletten in den Kaffee bröselte.
Nach dem ersten Schluck sah er zurück in Ingrids totes Gesicht und sagte ihr, schlecht gelaunt wie immer:
„Dass ich das Frühstück vorbereite, bleibt aber die Ausnahme.“

Dann hoffte er nur noch, dass er genügend Schlaftabletten genommen hatte.

„Gabriel – ein Nachwort“

Wir alle kennen sie – die Grenzen.
Sie begegnen uns auf Reisen, an Flughafenkontrollen oder an Staus vor den Schranken anderer Länder.
Doch Grenzen sind nicht nur Linien auf Landkarten.
Sie ziehen sich durch unser ganzes Leben.
Durch Beziehungen, durch die Kindererziehung – und manchmal durch unsere Familie wie ein unsichtbarer Riss.
Die schwersten Grenzen aber verlaufen dort, wo wir sie nicht sehen:
zwischen dem, was wir wollen, und dem, was von uns erwartet wird.
Ich heiße Gabriel. Und solange ich denken kann, wollte ich eines:
Nicht so werden wie mein Vater.
Rückblickend frage ich mich, ob das nicht schon mein erster Fehler war.
In unserer Familie wurde wenig gesprochen – aber viel geschwiegen.
Es war ein Schweigen, das nicht leise war. Es war laut, allgegenwärtig, fast ohrenbetäubend.
Meine Mutter stammte aus einer wohlhabenden Flüchtlingsfamilie, mein Vater war ein Mann, geprägt von Arbeit, Entbehrung und Ehrgeiz.
Sie trugen ihre Verletzungen wie unsichtbare Uniformen – und ich war das Kind ohne Schutzschild.

Vielleicht war es dieser Mangel an Ausgesprochenem, der mich dazu brachte, sieben Sprachen zu lernen.
Ich wollte nie nur verstehen – ich wollte endlich in der Lage sein, alles auszusprechen.
Ich reiste viel. Überschritt Grenzen, wie andere Straßenecken.
Ich wollte mich verlieren, um mich selbst zu finden.
Und doch konnte ich meiner Herkunft nie ganz entkommen.
Als Emilia geboren wurde, mein kleiner Sonnenschein, glaubte ich, ich hätte es geschafft.
Doch in den Momenten, in denen ich ihr sagte „Ich brauche jetzt Ruhe" oder „Emilia, bitte nicht", hörte ich nicht mich – ich hörte meinen eigenen Vater.
Ich spürte, wie das alte Schweigen zurückkam.
Nur dieses Mal war ich es, der es ausstrahlte.
Ich zog mich zurück. Tauschte Anzüge gegen Bademantel, Espresso gegen Weißwein, Gespräche gegen Zigaretten.
Emilia stand plötzlich zwischen all den alten und neuen Grenzen, und ich wusste:
Ich hatte eine neue Mauer gebaut – eine, die sie nicht verdient hatte.
Mein Schatten war längst Teil meines Lebens geworden. Ich hatte ihn nicht nur angenommen – ich hatte ihm Raum gegeben. Und irgendwann begann er, mich zu verdrängen.
Ich erinnere mich an den Abend, an dem Emilia in mein Büro kam und fragte, ob ich den Alkohol lieber mochte als sie.
Ich war versucht ihr zu erklären, was ich selbst kaum begreifen konnte.

Und so redete ich von Schokolade, von Dingen, die sie verstand.
Sie warf sich in meine Arme und versprach, nie wieder heimlich etwas aus der Naschi-Box zu nehmen – nur um mir zu helfen.
Und doch fand ich mich später in jener Nacht wieder – vor einem halbleeren Glas Weißwein, das ich mit keinem Wort erklären konnte.
Ich dachte oft an die Worte meines Vaters:
„Du kannst versuchen zu leugnen, wo du herkommst. Aber es wird dich einholen – immer."
Früher klang das wie eine Drohung. Heute war es ein Eingeständnis.
Mit jeder Flasche, die ich heimlich versteckte, wusste ich, dass ich auf einen letzten Übergang zusteuerte.
Keine Grenze mehr, sondern ein Abschied.
Und so setzte ich mich eines Nachts in mein altes Cabrio.
Ich hatte es geliebt.
Aber heute war es kein Fahrzeug mehr – es war mein letzter Ort.
Ich schrieb einen Brief. Ich dachte an Emilia. Und an das, was ich ihr beibringen wollte:
Dass dieses Leben meine Grenze war – aber nicht ihre.
Ich fuhr los. Und als ich das Lenkrad fest umklammerte, saß mein Schatten neben mir.
Wir waren eins. Und dieses Mal ließ ich ihn mitgehen.

Und so sah ich Emilia. In Schwarz. Stark. Und fast erwachsen.
Sie trat vor das Mikrofon, hob ein Glas und sagte etwas,

das mich zum Lächeln brachte.
Sie hatte mich verstanden – trotz allem.

Und irgendwo zwischen Himmel und Hölle hoffte ich, dass ich eine gute Erinnerung blieb.
Obwohl ich oft eine schlechte war.

Danksagung

Danke an Gabriel;
der trotz seines Schattens das Licht mit seiner Familie geteilt hat.

Danke an Monika;
die immer der Anker der Liebe blieb – selbst als alles zu sinken drohte.

Danke an Emilia;
die nicht geschwiegen hat, sondern geschrieben.

Über die Autorin

J.M. Krohms
ist das literarische Pseudonym einer Autorin, die in ihren Texten der Sprachlosigkeit eine Stimme gibt.

Sie widmet sich den feinen Rissen – dem, was unausgesprochen bleibt, was drängt, was verletzt.

„Wenn Apfelbäume sterben“ ist ihr literarisches Debüt.

Entstanden aus Beobachtung, Erfahrung – und der Frage, wie viele Geschichten verschwinden, wenn sie niemand aufschreibt.